하루키가 야구장에 가지 않았더라면

하루키가
야구장에
가지 않았더라면

신은영 지음

북레시피

차례

하루키가 야구장에 가지 않았더라면

이야기의 힘

결핍 채우기

해피엔딩

하루키가
야구장에
가지 않았더라면

*

1978년, 무라카미 하루키는 혼자 야구 경기를 보러 갔다.
평범한 카페 주인이었던 그는 무심히 경기를 구경하던 참이었다.
야쿠르트의 무명 타자 힐턴이 나왔고,
투수가 던진 공을 그가 시원스레 쳐올려 2루타를 만들어냈다.
바로 그때, 하루키도 뜬금없는 생각을 했다.
'그래, 나도 소설을 쓸 수 있을지 몰라.'

1. 하루키가 야구장에 가지 않았더라면

육아를 하면서 가장 힘든 일이 뭐예요? 누군가 물었다.

"몸으로 놀아주기요."

그럼 가장 쉬운 일은요?

"책 읽어주기요."

나는 몸이 피곤해지는 것이 싫어 아이에게 책을 읽어주었다. 아이는 하루 종일 책을 꺼내왔다. 목이 쉬도록 책을 읽어주는 일은 몸으로 놀아주기에 비하면 그저 쉽고 편하게만 느껴졌다. 집에 있는 책들이 닳고 닳을 때쯤 아이가 지루해하기 시작했다. 몸으로 놀아달라는 요구가 두려워 나는 아이와 매일 도서관에 갔다. 우리가 앉은 자리엔 늘 높다란 책 탑이 생겨났다. 기본 3시간씩 아이는 지치지 않고 책을 꺼내왔고, 난 책 읽어주는 로봇이라도 된 양 줄기차게 읽어줬다.

아이가 초등학교에 들어가고도 상황은 별반 달라지지 않았다. 혼자 읽는 책들이 늘었지만, 놀이 대신 책을 읽어주는 나의 역할은 변함없었다.

어느 날, 여느 때처럼 아이가 읽어달라는 동화책을 열심히 읽어주고 있었다. 주인공의 행동은 굼떴고, 내용 연결은 엉성했으며, 결말은 찜찜했다. 읽어주는 나도, 듣는 아이도 영 김이 새어버린 순간, 정말 뜬금없는 생각이 떠올랐다!

1978년, 무라카미 하루키는 혼자 야구 경기를 보러 갔다. 평범한 카페 주인이었던 그는 무심히 경기를 구경하던 참이었다. 야쿠르트의 무명 타자 힐턴이 나왔고, 투수가 던진 공을 그가 시원스레 쳐올려 2루타를 만들어냈다. 바로 그때, 하루키도 뜬금없는 생각을 했다.

'그래, 나도 소설을 쓸 수 있을지 몰라.'

차이점이라면 나는 '동화'를 떠올렸다는 것이다. 그날 아이에게 읽어준 동화책보다는 재미있는 이야기를 쓸 수 있을 것 같았다. 흥미롭지 않은 동화가 기준점이 되자, 이상한 자신감이 샘솟았다.

그 후 나는 몇 편의 부족한 동화를 썼다. 아이는 엄마의 동화가 재미있다고 했지만, 내 눈엔 빈약한 구성들이 가시처럼 거슬렸다. 호기롭게 시작한 동화 창작은 그렇게 허무하게 끝이 났다.

그러다 몇 년 전, 우연히 문학 공모전 광고를 보았다. 동화 부문의 가장 낮은 상은 기념품이라고 적혀 있었다. 글쓰기 경험이 부족했던 나로서는 기념품을 목표로 삼는 것이 당연해 보였다. 한 3일, 혼자 끙끙대며 아이디어를 짜냈다. 그러곤 나름 만족스럽게 한 편을 완성했다. 하지만 나머지 한 편이 문제였다. 두 편이 필수라, 결국 한 편은 구색 맞추기용으로 하루 만에 완성해버렸다.

몇 달 후, 내가 쓴 동화가 동화 부문 2등으로 당선되었다는 연락을 받았다. 그런데 놀라운 사실은 믿음직한 녀석 대신, '구색 맞추기용' 녀석이 상을 탔다는 것이다. 어쨌거나 이 당혹스러운 당선 덕분에 나는 여전히 동화를 쓰고 있다.

스티브 잡스는 2005년 스탠퍼드대학교 졸업식 축사에서 'connecting the dots'에 관해 이야기했다. '지금은 예측할 수 없지만 모든 점(경험)들은 미래와 연결된다.'라는 뜻이다.

우리가 행하는 모든 일들이 작은 점들이라고 생각해보자. 의미 없어 보이는 점들이 모이고 모이면 어느 순간 선이 되고, 결국엔 인생의 행로를 바꾸는 나만의 길이 되는 게 아닐까?

몇 년 전, 그날, 내가 아이에게 동화책을 읽어주지 않았더라면⋯⋯ 공모전에 도전하지 않았더라면⋯⋯ 무라카미 하루키가 야구장에 가지 않았더라면⋯⋯ 그가 소설을 쓰지 않았더라면⋯⋯.

우리는 어제 찍은 점을 따라 흘러가고 있다. 그러니 크기에 상관없이 점을 찍는다는 행위 자체가 중요한 것이다. 나는 오늘도 그 '점'에 관해 생각하고 또 생각하며 정성스레 한 점을 그려 넣고 있다.

2. 소년이 꽃들과 놀 수 있는 방법

긴장한 얼굴들이 하나둘 움직였다. 중절모를 쓴 남성은 발등에 낭만을 얹은 듯 걸음이 가벼웠고, 하얀 원피스를 입은 중년 여성은 옷에 꼭 맞는 사뿐사뿐 걸음으로 지나 갔다. 보라색 라푼젤(디즈니 애니메이션 〈라푼젤〉의 주인공) 드레스를 입은 여성은 탑을 탈출하기 직전의 긴장감에 휩싸인 듯 미간에 주름을 잡았고, 쨍한 빛깔이 사방을 밝히는 개량 한복을 입은 여성은 우아하게 입술을 달싹였다.

어리둥절한 표정으로 안으로 들어선 우리는 주춤주춤 자리를 찾았다. 그러다 안내자의 지시에 따라 나와 아이는 관람석에, 남편은 참가자석에 어색하게 앉았다.

분주히 움직이는 사람들 사이에서 단정한 옷차림의 한 중년 남성이 내 눈에 쏙 들어왔다. 두 손을 꼭 모으고 기도하듯 고개를 숙인 그는 '시 낭송 대회'와는 전혀 어울리지 않는 바위 같은 얼굴을 하고 있었다. 마치 협박이라도 받고 끌려온 사람처럼 이질감을 뿜어대는 모습이 신기해 나는 맹렬히 그를 응시했다.

시선이 스르르 미끄러져 내려 그의 발에 닿았다. 견고하게 부동자세를 유지한 손과 달리 그의 발가락은 심하게 꿈틀대고 있었다. 가죽 구두 표면이 불룩하게 솟아올랐다 꺼지기를 수차례, 그의 손이 바닥에 있는 물병을 낚아 올렸다. 목을 축인 그가 주문을 외우듯 시를 읊었다. 낮고 무거운 목소리가 내 귀를 콕콕 찔러대자 그가 내뱉는 시어들이 돌처럼 딱딱하면 어쩌나 걱정되었다. 행여나 무대 위에서 그의 시어들이 돌무더기를 만들면 말랑한 시어들로 꽃밭을 만들던 사람들 눈이 휘둥그레질 것만 같았다.

내 앞에는 그의 아내가, 그 옆에는 그의 아들이 앉아 있었다. 긴장한 아내는 말없이 손가락만 튕겨대다 가끔씩 남편 쪽으로 고개를 돌렸다. 20대로 보이는 아들은 입술에 힘을 바짝 준 채 아버지를 멍하니 쳐다보았다. 그 눈빛에는 아버지에 대한 '호기심'이 빼곡히 들어차 있었다. 미동도 하지 않는 아버지는 반복해서 시를 읊을 뿐, 아들과 눈을 맞추지 않았다.

마침내 그의 순서가 되었다. 휴대폰을 든 아내의 손이 솟아올랐다. 긴장감이 온몸을 훑듯 손가락이 파르르 떨리고 있었다.

바위 같은 그가 무대 위에서 「어머니 기억」이란 시를 읊기 시작했다.

"비 오는 언덕길에 서서 그때 어머니를 부르던 나는 소년이었다."

첫 구절을 뱉어낸 순간, 나는 그의 몸에서 견고한 갑옷이 벗겨지는 걸 보았다. 중년 남성이 소년이 되어 검푸른 바다가 무섭다고 고백했다. 그러다 눈을 질끈 감고 "어머니!" 하고 큰 소리로 외쳤다. 아내 손이 휴대폰과 함께 크게 흔들렸다. 돌무더기가 쌓일까 걱정했던 내 마음도 함께 휘청거렸다.

소년이 바다에 대고 목 놓아 어머니를 부른 뒤, 산수유 꽃 봉오리를 보다 눈물을 쏟는 대목에 이르렀다. 그는 그 옛날 앳된 소년의 얼굴로 처량하게 눈매를 늘어뜨렸다. 그러다 마지막 문장, "보릿고갤 넘던 내 소년 시절의 일이었다"에 닿은 순간 그는 다시 바위 같은 중년 남성으로 돌아왔다. 그리고 자신 앞에 옹송그린 어린 소년을 부드럽게 껴안듯 담담한 얼굴로 마이크를 내려놓았다.

아들이 엄마 귀에 대고 속삭였다.

"아버지 정말 잘했어. 그치?"

엄마가 고개를 끄덕인 순간, 바위 같은 그가 자리로 돌아와 앉았다. 아들이 연신 아버지를 향해 눈짓을 보냈다. 꼭 해주고 싶은 말이 있다는 듯. 그런데도 그는 두 손을 꼭 모으고 발가락만 꼼지락댈 뿐 고개를 돌리지 않았다. 여전히 소년을 안아주고 싶은 모양이었다.

집으로 돌아오는 길, 거리를 지나는 바위 같은 사람들이 자꾸만 내 눈에 들어왔다. 금방이라도 돌무더기를 쌓아 올릴 것 같은 얼굴들이 딱딱한 시선을 여기저기 던지고 있었다. 나는 그들에게 말해주고 싶었다.

'당신의 소년을 따뜻하게 안아줄 방법을 나는 알고 있습니다. 소년이 돌무더기 대신 꽃들과 놀 수 있는 방법 말입니다.'

3. 가장 중요한 것은 눈에 보이지 않는다

Anything essential is invisible to the eyes. (가장 중요한 것은 눈에 보이지 않는다.)

『어린 왕자』에 나오는 말이다. 같은 맥락으로 '세상을 움직이는 것은 보이지 않는 내면'이라고 할 수 있다. 개개인의 말과 행동은 내면, 즉 무의식의 발현이기 때문이다.

이무석 박사님의 책에 이런 이야기가 나온다. 한 여성이 과일 가게에서 과일을 고르고 있었다. 그녀는 무심히 과일 하나를 들어 올려 세심히 상태를 확인했다. 그때 가게 주인이 버럭 소리쳤다.

"만지면 안 됩니다!"

과일이 짓물러 상품성이 떨어질 것을 경계한 반응이었다. 순간 무안해진 그녀는 얼른 과일을 제자리에 내려놓았다. 그리고 이렇게 생각했다.

'저 사람은 내가 고등학교만 졸업한 걸 어떻게 알았지?'

물론 전혀 상식적이지 않은 생각이다. 그런데도 그녀의 무의식은 늘 그런 식으로 흘러갔다. 가만히 생각해보면 비단 그녀만의 경험은 아닐 것이다. 통상 무의식은 비논리적이고 난데없으니 말이다.

아주 오래전, 우리 부모님은 사업 실패를 거듭하다가 끝내 고향으로 가셨다. 당시 시골에 학교가 마땅치 않아서 자식들만 부산에 남겨둔 채였다. 초등학생이었던 나는 모든 것이 혼란스러웠다. 친구들에게 사실대로 말했다가 놀림거리가 될까 두려웠고, 큰 치부가 생긴 것만 같아 마음에 그늘이 졌다. 가능한 한 학교에서 내 사정을 말하지 않는 건 물론, 불편한 질문이 날아오면 애써 화제를 돌리는 능청스러움도 발휘했다.

그런데 시간이 지날수록 친구들이 의아해하기 시작했다. 왜 나의 이야기 속에 부모님은 쏙 빠져 있냐며 집요하게 물어댔다. 대충 둘러대기도 지쳐버린 나는 결국 사실대로 털어놓았다. 꼭꼭 숨겼던 비밀을 말하고 나니 '임금님 귀는 당나귀 귀'라도 외친 듯 속이 시원해졌다.

하지만 문제는 그다음이었다. 친구들이 걸핏하면 부모

님 고향을 내 고향으로 둔갑시켜버렸다. 게다가 아예 나를 '시골아이', 혹은 '시골 촌뜨기'로 명명하는 아이들도 생겨났다. 나는 괜히 고백했다며 뒤늦은 후회를 했다. 아마 그때부터였나 보다. 새로 사귄 친구에게 구구절절 내 사정을 설명하지 않게 된 것이. 그리고 친구들이 우스갯소리로 나의 외모나 도시락, 옷을 지적할 때마다 나도 모르게 이런 생각을 했다.

'우리 부모님이 우리만 남겨두고 고향으로 가버린 걸 어떻게 알았지?'

이무석 박사님의 『30년 만의 휴식』에는 손 계장이라는 사람 이야기가 나온다. 그는 무의식적으로 모든 것을 좋은 것과 나쁜 것, 즉 이분법적으로 보는 사람이다. 그의 어머니는 변덕이 죽 끓듯 하여 예측이 불가능했다. 좋을 때는 세상에서 가장 좋은 엄마였다가, 화가 나면 악마처럼 변하는 사람이었다. 그러니 손 계장의 무의식에는 엄마의 이미지가 분리되었고, 좋은 것에는 좋은 엄마 이미지를, 나쁜 것에는 나쁜 엄마 이미지를 투사하곤 했다.

아이를 키우면서 우리는 묘한 감정들을 자주 느끼곤 한다. 예를 들어 남자 형제와 비교당하며 차별받았던 경험이 있는 여성은 자신의 아들에게 시기심이나 거부감을 느끼기도 한다. 엄연히 다른 존재임에도 무의식이 이미지를 투사하는 탓이다. 그럴 때는 본인이 왜 그런 감정을 느끼는지 얼른 자각해야 한다. 그대로 방치하면 아이와 건강한 관계를 이어갈 수 없기 때문이다. 그런가 하면 부모님 중 한 분을 미워하는 사람은 자신의 이목구비가 미운 부모 쪽을 닮았다는 사실에 좌절감을 느낀다. 그 감정이 과해지면 성형수술을 해서라도 자신의 얼굴에서 부모님을 지우려 애쓴다.

나는 한때 우리 아이가 어리광을 부리면 과하게 화를 냈다. 몇 번 반복되자 내가 잘못되었다는 것을 자각했고, 곰곰이 이유를 분석했다. 당시 아이는 고작 초등학교 2~3학년밖에 되지 않았었는데 무의식적으로 나는 이렇게 생각하고 있었던 것 같다.

'나는 그 나이에 엄마랑 떨어져서 독립적으로 생활했는데, 넌 왜 어리광이나 부리고 있어!'

어릴 적 제대로 사랑받지 못한 억울함을 아이에게 추궁했던 것이다. 번뜩 깨닫고 나니, 아이에게 참 미안해졌다. 그다음부터는 아이의 어리광에 대해서 관대해졌고, 나의 '내면 아이'도 이해하게 되었다. 잔뜩 몸을 웅크린 내면 아이에게 이렇게 말해주는 것도 잊지 않았다.

'어린 나이에 엄마랑 떨어져 지내다니 너 참 힘들었겠구나. 외로웠지? 이제 괜찮아.'

우리는 매일 무의식이 만들어내는 감정에 지배당한다. 그 감정이 긍정적인 것이라면 문제가 없겠지만, 부정적인 것이라면 적극적으로 원인을 밝혀야 한다. 일단 자각하고 이해하게 되면 더 이상 그 감정 때문에 힘들지 않을 수 있기 때문이다. 결국 평생 자신의 무의식을 이해하는 일이야말로 우리 모두의 과업이 아닐까 싶다.

4. 공짜로 실력을 키우는 방법

수영 선수 펠프스가 세계적인 인물로 성장한 데는 그의 코치 밥 바우먼의 숨은 노력이 있었다. 그는 훈련을 끝낸 펠프스에게 늘 당부했다.

"잠들기 전, 그리고 아침에 일어난 직후, 꼭 '비디오테이프'를 보아라!"

그의 연습 장면이 녹화된 비디오테이프를 떠올리기 쉽겠지만, 실제로는 머릿속에 스스로 그려보는 '시뮬레이션'을 의미한다. 펠프스가 시뮬레이션을 재생시키면 그는 출발대에 정지 상태로 선다. 그리고 출발신호와 함께 힘차게 물속으로 들어간다. 물속에서 그의 모든 동작은 정확하게 진행된다. 물론 경우에 따라서는 예기치 못한 상황을 설정해 연습하는 것도 잊지 않는다. 그에게 모든 동작과 상황은 실제처럼 생생하다.

이런 반복적인 시뮬레이션의 효과는 무엇일까?

실제 상황에 맞닥뜨렸을 때, 뇌가 이미 경험했던 상황으로 받아들여 대처에 능숙하게 된다. 그러므로 실제 연습만큼이나 시뮬레이션 또한 중요한 훈련인 셈이다.

2008년 베이징 올림픽에서 펠프스는 자신감에 차 보였다. 그런데 출발한 지 얼마 되지 않아 문제가 생겼다. 물안경 속으로 물이 들어오기 시작한 것이다. 곧 시야가 완전히 흐려졌다. 제대로 앞을 볼 수 없는 상황에서 당황할 만도 한데, 그는 침착했다. 그저 늘 하던 대로 시뮬레이션을 가동했기 때문이다. 그는 시야가 흐려진 상황도 이미 수십 번에 걸쳐 시뮬레이션으로 경험했다. 그래서 담담하게 대처할 수 있었고, 그 경기에서 세계 신기록까지 수립했다.

무언가 새로운 것을 배울 때, 누구나 한 번쯤 자신만의 시뮬레이션으로 연습해본 경험이 있을 것이다. 타고난 몸치인 나는 결혼 후에 처음으로 수영을 배웠다. 그것도 남편한테 배운 탓에 진도는 한없이 느렸다. 처음 며칠간은 물에 대한 공포심으로 그저 허우적대기만 했다. 머리가 물속에 들어가면 금방 죽을 것만 같았다. 절로 온몸에 힘이 잔뜩 들어갔고, 돌덩이처럼 가라앉기만 반복했다. 그 후에도 일명 개헤엄이라고 불리는 자세로 살짝살짝 시도만 하는 나날들이 이어졌다.

그러다 어느 날 드디어 수영 '비스름한' 자세에 이르렀다. 신기하게도 그때부터 물 감촉이 부담스럽지 않았다. 밤에 눈만 감으면 테이프가 무한반복으로 재생되듯이 수영하는 자세만 떠올랐다. 머릿속에서 팔을 휘젓다가 아예 실제로 허공을 가르는 일도 많아졌다. 그렇게 집요하게 시뮬레이션을 가동한 덕에 물에 대한 공포도 서서히 사라졌다.

'아하! 이렇게 팔을 움직였었지.'

머릿속에서 수없이 반복했던 동작이 실제로 재현될 때의 희열은 참으로 달콤하다.

우리 아이는 체육 시험을 앞두고 심하게 긴장하곤 한다. 한번은 단체 줄넘기를 본인만 제대로 못 한다고 호소했다. 다른 아이들은 돌아가는 줄 속으로 가볍게 뛰어 들어가는데, 자기는 언제 들어가야 하는지 도통 감을 잡을 수 없다는 것이었다.

주말에 우리 가족은 한적한 공원으로 갔다. 줄넘기 줄 두 개를 연결해 남편과 내가 돌리기 시작했다. 뛰어 들어오는 아이는 연신 발이 걸리거나, 줄에 머리를 맞곤 했다. 남편이 수차례 시범을 보이고 요령을 알려준 후에야 조금씩 잘하게 되었다.

그런데 그 후에도 몇 번이나 아이는 요령을 완전히 터득하지 못한 것 같다며 걱정했다. 그래서 내가 말했다.

"일단 눈을 감아봐. 그리고 가만히 상상해봐. 줄이 돌아가고 있어. 하나, 둘, 셋, 리듬을 타고 폴짝, 들어가는 거야."

나의 주문에 아이가 눈을 감고 상상하기 시작했다. 상상 속에서도 연신 줄에 걸리는지 심각한 표정을 짓더니 한참 만에 "이제 안 걸린다"고 했다.

"계속해서 상상해봐! 그럼 진짜 줄넘기를 할 때 훨씬 잘하게 될 거야."

그 후 아이는 수시로 상상 연습을 했다. 그런 상상 덕분에 긴장감도 줄어드는 것 같았다. 며칠 후, 아이는 다른 아이들처럼 가볍게 뛰어 들어갔다며 흐뭇해했다. 그 모습을 보며 나는 '상상하기의 힘'을 확인할 수 있어서 즐거웠다.

정말 원하는 것, 혹은 잘하고 싶은 것이 있다면 계속 반복하여 상상해보자. 공짜로 실력을 올릴 수 있는 최고의 방법이니, 이보다 좋은 게 또 있을까?

5. 한고조寒苦鳥

'한고조'는 전설 속의 새로 강추위가 몰아치는 히말라야에 살고 있다. 특이하게도 한고조의 별명은 '내일이면 집 지으리'란다. 상상해보라. 밤이 되면 급격히 기온이 떨어지는 히말라야에 사는 새가 둥지 없이 밤마다 추위를 견디는 모습을. 그럼에도 불구하고 그 새가 둥지를 만들지 못하는 까닭은 무엇일까?

낮에 둥지를 만드는 대신 놀기만 하기 때문이다. 밤마다 둥지를 만들지 않았음을 후회하며 잠이 드는 한고조는 다음 날이면 어김없이 놀고 있다.

'내일은 꼭 둥지를 지어야지!'

변함없는 다짐을 하면서 말이다.

연속 3일, 나는 눈만 뜨면 생각했다.

'오늘은 꼭 청소를 해야지.'

그런데 정신없이 하루를 보내고 나면 이미 어둑어둑해
져서 청소기를 돌리기 애매한 시간이 되곤 했다. 며칠 동
안 잠들 때마다 한고조처럼 다짐했다.

'내일은 꼭 청소해야지.'

한고조는 매일 할 일을 미루는 우리와 꼭 닮아 있다.

『문제는 무기력이다』의 저자 박경숙 님은 이런 미루기
습관을 해결할 간단한 방법을 알려준다.

'세차하기가 너무 귀찮으면 차에 물 한 양동이만 퍼부어라!'

일단 그 작은 행동만 하고 나면 세차를 안 할 수가 없
다. 누가 시키지 않았는데도 세차 기계처럼 몸을 이리저
리 움직이고, 결국 개운하게 세차를 마치게 된다.

그런가 하면 글쓰기가 버거울 때의 해법도 알려준다.

그녀는 한동안 무기력한 상태가 지속되는 바람에 책을
쓸 수 없었다고 한다. 그래서 만년필 몇 개로 무조건 기록
하고 또 기록했단다. 어떤 날은 밤 12시부터 아침 7시까
지 팔이 아플 지경에 이를 때까지 기록에 매달리기도 했
다. 그렇게 2주가 흐르자 글을 쓰는 일에 대한 두려움이
사라졌고, 다시 책 쓰기를 시작할 수 있었다고 한다.

보통 '작가의 장벽'에 이른 작가들은 한 자도 쓸 수 없는 상태 때문에 괴로워한다.

'내가 잘 쓸 수 있을까?'

'제대로 된 글이 안 나오면 어떡하지?'

'사람들이 비웃지나 않을까?'

온갖 두려움들이 사방의 적처럼 자신을 둘러싸고 손을 꽁꽁 묶어버린다. 소설가 앤 라모트는 작가의 장벽을 넘어서기 위해 "무조건 자판을 두드려라!"라고 조언한다.

나도 가끔 글을 쓰고 싶은 의욕이 없을 때가 있다. 머릿속 생각들이 뒤죽박죽이거나, 기껏 생각해낸 주제가 흥미로워 보이지 않거나, 혹은 내가 과연 잘 쓸 수 있을까? 하는 두려움이 밀려올 때 그렇다. 그럴 때마다 나는 생각을 비우고 그냥 컴퓨터를 켠다. 전원이 켜지는 소리가 들리면 이상하게 마음이 차분해진다. 일단 자판에 손을 올려놓고 키보드를 지그시 눌러본다. 한참 손끝에 신경을 집중하다 보면, 뒤죽박죽이던 생각이 하나로 모아지고 비로소 한 문장을 쓸 수 있게 된다. 나는 이를 '시동 걸기'라고 부른다. 시동을 거는 데 성공하고 나면, 그다음은 걱정할 필요가 없다. 언제 고민하고 걱정했냐는 듯 손가락이 신나게 움직이기 때문이다.

오늘 오전, 나는 마침내 청소기를 거실로 가져왔다. 그리고 시작 버튼을 눌렀다. 일단 버튼을 누르고 나면 청소의 90%는 완료된 셈이다. 청소기 소음이 들리자마자 나는 맹렬한 기세로 청소를 시작했고, 집 구석구석을 닦아내는 일도 착착 해냈다.

'이 쉽고 간단할 걸 왜 지금껏 미뤘지?' 하는 생각이 절로 들었다.

미루고 싶은 일을 시작할 수 있는 가장 좋은 방법은 바로 '시동 걸기'다. 그럼 순식간에 90% 성공의 기쁨을 맛볼 수 있고, 동시에 따뜻한 둥지를 마련한 한고조가 될 수 있다.

6. 모소 대나무

"위인들은 자신의 꿈을 위해 최선을 다했던 거야. 너도 너의 꿈을 위해 노력하다 보면 멋진 사람이 되겠지?"

아이가 어렸을 때, 위인전을 읽어주며 내가 말했다.

"그럼 엄마 꿈은 뭐야?"

정말 궁금하다는 얼굴로 아이가 물었다. 말문이 턱 막혔다.

"글쎄, 잘 먹고 잘 사는 거?"

나도 아이도 깔깔깔 웃고 말았다.

전업주부로 살아오는 동안 나에게 '꿈'은 의식적으로 피하고 싶은 단어가 되었다. 대면하면 할수록 나의 무능과 권태와 게으름을 자꾸만 상기시키는 것 같아서였다.

"이 나이에 꿈은 무슨 꿈이야!"

지인들과의 대화 마지막엔 늘 이런 말이 나오곤 했다.

씁쓸한 표정이 스쳐 지나가는 것도 잠시, 집으로 돌아가면 어느새 모두 잊고 현실에 파묻혀 살았다.

하지만 그러면 그럴수록 내 속엔 의문이 가득 차올랐다.

'난 뭘 좋아하지?'

'난 뭘 잘하지?'

'난 어떤 사람이지?'

계속된 질문에도 답을 못 찾아 늘 헤매기만 했다. 더구나 질문을 하면 할수록 내가 못하는 것들만 떠올랐다.

사실 나는 주부임에도 요리를 못한다. 그냥 못하는 수준이 아니라 심각하게 못한다. 기껏 레시피를 따라 해봐도 영 맛이 없다. 심혈을 기울여 간을 맞추어도 가족들에게 내어놓기 민망한 맛이 되고 만다.

가끔 남편이 묻는다.

"이 국에는 뭘 넣은 거야?"

내가 국에 이상한 걸 넣었을 리 만무한데 그리 물으면 억울함이 턱 끝까지 차오른다. 그런데 내가 먹어봐도 궁금해진다. 대체 뭘 넣으면 이런 맛이 되는 걸까?

그럼에도 불구하고 나는 나 자신을 '모소 대나무(Moso bamboo)'라고 생각하며 살아왔다. 중국에 있는 희귀한 대나무인데, 씨를 뿌려놓고 4년 정도는 감감무소식인 것이

특징이다. 그렇다고 기다리지 못하고 씨를 제거해버리면 엄청난 가능성을 버리게 되는 귀한 식물이기도 하다.

4년을 인내하면 5년쯤 되는 시점부터 모소 대나무가 매일 30센티씩 자라기 시작한다. 6주 만에 15미터까지 자라나 금세 울창한 대나무 숲을 이룬다.

그럼 그동안은 대체 뭘 한 걸까?

뿌리들이 사방으로 뻗어나가고, 수백 미터까지 뿌리를 단단히 내리는 데 4년이나 걸린다. 하지만 그 4년의 시간이 없다면 엄청난 속도로 자라는 것 또한 불가능해진다.

우리는 드러난 결과에만 반응하며 산다. 얼마를 버는지, 얼마나 멋진지, 얼마나 대단한 업적을 남겼는지…… 하지만 그런 잣대로 자신을 돌아보면 우리는 한없이 초라해진다. 게다가 우리가 모소 대나무라면 얼마나 억울한 일인가?

그리고 살다 보면 나를 흔드는 무신경한 말들에 귀를 막아야 한다.

"그렇게 열심히 책 읽어서 뭐 하려고?"

"어학 공부는 해서 뭐해?"

"그냥 편하게 살아. 애써 뭘 자꾸 하는 거야?"

"그런다고 뭐가 달라지겠어?"

그들에게 내 뿌리들이 어디쯤 뻗어나갔는지 알려줄 필요도, 알려줄 수도 없다. 나는 그저 묵묵히 날 위해 따뜻한 햇볕을 쬐어주고, 정성스레 물을 준다.

잊지 말자!

나를 모소 대나무로 만들 사람은 오직 나뿐이란 걸. 그리고 항상 주문을 걸자.

'나는 모소 대나무다!'

7. 스몰 스텝

한 여성이 있었다. 그녀는 고혈압과 비만으로 건강이 위험한 상태였다. 병원에서 의사가 진지한 표정으로 경고했다. 오늘부터 당장 탄수화물과 지방의 섭취량을 줄이고 단백질의 양을 늘리라고. 유산소 운동, 근력 운동, 스쿼트를 하라고.

여성은 힘없이 알았다고 대답했다.

그때, 지나가던 베테랑 의사가 끼어들었다.

"그냥 아무것도 하지 말고 러닝머신 위에 1분만 서 계세요."

깜짝 놀란 여성은 그 정도는 얼마든지 할 수 있다며, 일주일간 실천했다. 그다음 주엔 2분, 그다음 주엔 3분, 이런 식으로 서서히 시간을 늘려갔다.

그러다 어느 날, "서 있는 게 지루해서 10분간 걸었어요. 이제 뭘 하면 될까요?"라고 여성이 물었다.

"이제 11분간 걸어보세요."

그렇게 시간을 늘리다 재미를 붙인 그녀는 스스로 식단 조절을 하기 시작했다. 그리고 6개월 후 마라톤 대회에 참가했다. 물론 아주 건강해진 것은 말할 것도 없다.

이것이 스몰 스텝small step의 원리이다. 처음부터 많은 것을 한꺼번에 시도하지 않고, 아주 미세한 양을 늘려가며 만족감을 얻는 것.

육아를 하면서 엄마들이 가장 많이 하는 이야기 중 하나가 바로 자신의 '정체성'이 사라지고 있다는 것이다. 나라는 사람은 어떤 사람인지, 내가 잘하는 것은 무엇인지, 내가 좋아하는 것은 무엇인지 도통 모르겠다고 한다. 나도 똑같은 경험을 했고, '내가 사라지는 느낌'이 주는 불쾌감을 누구보다 격렬하게 느꼈었다. 그 느낌 뒤에 따라붙는 우울감이 매섭게 몰아칠 때마다 뭔가 집중할 만한 것들을 찾았다. 매일 아주 적은 분량이지만 절대 끈을 놓지는 않았다. 그랬더니 나도 모르게 매일 하는 분량이 꽤 늘어났다. 책을 읽고, 서평을 쓰고, 어학 공부를 했다. 주기적으로 오프라인 스터디에 참여하고, 함께 원서를 읽는 온라인 북클럽 활동도 해나갔다.

무엇을 해야 할지 모르겠다는 지인들에게 내가 항상 하는 말이 있다.

"뭐라도 해!"

가령 하루에 책 한 페이지를 읽더라도 해보라고 말한다. 그 말에 돌아오는 반응은 한결같다.

"고작 그거 해서 뭐하게?"

육아로 사라진 정체성을 회복하려면 중요한 건 딱 하나뿐이다. 내가 뭔가를 할 수 있는 사람이라는 확신을 갖는 것! 그러기 위해서는 정말 뭐라도 해야 한다. 고작 그거라고 말하는 '그거'라도 말이다. '고작'이 쌓이고 쌓이면 놀랄 만한 뭔가가 된다는 사실을 왜 믿지 않는 걸까?

8. 당신의 욕망은 안녕한가요?

소설가 최인호 님의『길 없는 길』에 경허 선사와 만공 선사 이야기가 나온다. 만공 선사가 말하길, "저는 술이 있으면 마시고, 없으면 마시지 않습니다."라고 했다. 그리고 곧이어 상 위에 있는 파전을 가리키며, 파전도 있으면 먹고 없으면 안 먹는다고 덧붙였다.

욕망에 집착하지 않으니 그는 대단한 경지에 오른 인물인 것 같았다.

나를 비롯한 현대인들은 매 순간 욕망과 싸운다. 더 화려하고, 더 비싼 것을 가지지 못해 아쉬워하고 서글퍼한다. 그래서 가끔은 일부러 욕망을 지워버리기도 한다. 욕망을 지우면 번뇌도 함께 사라지고, 욕망과의 전쟁을 치를 이유도 사라진다. 이는 가장 손쉽게 마음의 평화를 얻는 방법이다.

한발 더 나아가 예전의 나는 물질적 욕망을 가지는 것 자체를 우아하지 않은 일이라 매도해버렸다. 명품 가방을 가지는 대신, 스스로 명품이 되라는 그럴듯한 말을 하며 짐짓 정신적인 가치만 추구하는 척했다.

스승인 경허 선사가 만공 선사에게 못 본 사이 대단한 도인이 된 것 같다고 말했다. 그러면서 자신은 만공 선사와 달리 술이 먹고 싶으면 제일 좋은 밀 씨를 구해서 씨를 뿌리고, 김을 매고, 추수를 하고, 누룩을 만들어 술을 빚어 마실 거라고 했다. 또한 파전이 먹고 싶으면 파 씨를 심어 파를 얻은 다음 파전을 만들어 먹겠다고도 했다.

이처럼 경허 선사는 철저히 욕망을 따르는 사람이다. 욕망을 적극적으로 채움으로써 욕망으로부터 완전히 자유로운 인물이 된 것이다.

경허 선사와 만공 선사의 대화를 통해 나는 처음으로 욕망을 '회피'해온 나 자신을 발견했다. 그러고 보니 『여우와 신포도』 이야기 속 여우가 바로 나였다. 어차피 내가 가질 수 없는 물질이라면, 그 물질에 대한 욕망 자체도 저급한 것이라 단정 지었다. 그래야 미련도 아쉬움도 없을 거라 위로하면서 말이다. 그런데 사실은 내 속의 욕망을 깨끗이 지우지도 못하면서, 욕망으로부터 자유로운 척 연기를 했던 것이다.

왜 경허 선사처럼 욕망을 적극적으로 채우지 않았을까? 욕망을 지우는 것보다 욕망을 채워서 만족하는 편이 훨씬 적극적인 삶일 텐데 말이다.

나는 이제 갖고 싶은 것이 있으면 그것을 얻기 위해 실질적인 계획을 세운다. 그리고 계획을 실행해 욕망을 채운다. 이는 비단 물질에만 국한된 이야기가 아니라 경험과 목표에도 똑같이 적용된다.

아무리 뛰어올라도 닿을 수 없는 포도를 발견하면, 포도를 먹고 싶은 욕망을 지우는 대신, 포도를 따서 먹을 방법을 고안해내면 된다. 그럼 결국엔 욕망을 지우는 삶보다 훨씬 만족스러운 삶을 살게 될 것이다.

9. 단단한 나무

그녀가 열정을 발휘할수록 그녀의 아이는 시든 나무처럼 힘을 잃어갔다. 거실에 들어찬 교구들을 피해 밖에서 뛰어놀고 싶어 했고, 엄마가 책을 내밀 때면 고개가 삐뚜름하게 돌아갔다.

"학교 다녀와서 애가 거실에 가만히 누워 있는 거 보면 화나지 않아?"

동의를 구하려는 듯 그녀가 물었다.

"왜 화가 나요? 애도 쉬고 싶은가 보죠."

"아무것도 안 하고 멍하니 있는 모습이 한심하잖아."

인상을 쓰며 그녀가 말했다. 멍때리기가 취미인 나는 '한심하다'는 평가가 나를 향한 것인 양, 어깨를 들썩였다.

"멍때리는 동안 즐거운 상상을 할 거예요."

"그럼 아이가 멍하니 가만히 있는 걸 봐도 넌 아무렇지 않다는 거야?"

그녀가 싸울 듯이 으르렁댔다.

"전 오히려 멍때리라고 말해요. 뇌도 쉬어야 하고, 무엇보다 상상을 해야 재밌잖아요. 언니! 너무 애한테만 집중하지 말고 언니도 하고 싶은 거 해요. 집에 함께 있을 때도 각자 할 일 하면 싸울 일도 없잖아요."

"똑같이 외동아이인데 넌 어쩜 그렇게 무심해? 난 우리애가 꼭 성공했으면 좋겠어. 하고 싶은 공부도 마음껏 하고, 유학도 가고, 멋지게 살았으면 좋겠다고. 나처럼 살면…… 정말 싫을 것 같아."

그녀가 지나치게 간절한 얼굴로 말하는 통에 나는 하고싶은 말을 꿀꺽 삼킬 수밖에 없었다.

"그리고 우리 애가 커서 아이를 낳으면 내가 키워줄 거야. 그래야 육아 때문에 뒤처지는 일 없이 사회적으로 성공할 수 있을 테니까."

그녀가 눈에 힘을 주었다. 나는 다시 한번 어깨를 움찔거리며 난감한 표정을 지었다. 딸의 성공을 위해 손자까지 키워줄 생각을 하는 그녀가 이해되지 않을뿐더러, 한편으론 짠하기까지 했다.

"그럼 언니 인생은요?"

내 질문에 그녀의 시선이 불안하게 움직였다.

"우리 애가 성공하면 난 그걸로 만족해."

"그건 아이 영광일 뿐, 언니 성공은 아닐 텐데요."

중얼거리듯 내뱉은 내 말에 그녀가 눈을 치떴다.

"내가 뒷바라지를 해준 덕분에 성공했다는 걸 알 거야. 그러니까 내 성공이기도 한 거지."

"엄마는 엄마 몫, 아이는 아이 몫의 영광이 있는 게 아닐까요? 내 성공이 아이 것이 될 수 없듯, 아이 성공이 내 것일 리도 없잖아요. 우리 모두 각자 자기 인생을 사는 거 같은데요."

그녀가 거실 벽에 붙여놓은 아이 스케줄이 지나치게 촘촘하다는 생각을 하며 나는 입을 꾹 닫아버렸다.

엄마와 아이 사이, 그곳에 명확한 구분과 경계가 있으면 얼마나 좋을까? 나는 엄마로서의 우리 삶이 부디 희생으로 끝나지 않았으면 좋겠다. 희생의 종착지에 영광 대신 억울함만 가득할까 두렵기 때문이다.

하루는 아이와 산책을 하다 그녀가 사는 아파트 옆을 지나던 참이었다.

"엄마, 오늘 읽은 책 내용 중에 재미있는 거 있었어?"

아이가 묻는 순간, 책에서 본 내용과 그녀의 얼굴이 겹쳤다.

『나는 나무에게 인생을 배웠다』라는 책에 이런 에피소드가 나오더라. 옛날 중국 당나라에 나무를 잘 키우는 곽탁타라는 사람이 있었대. 그 사람이 키우는 나무는 신기하게 모두 잘 크더란 거지. 이유가 뭐였을 것 같아?"

잠시 고민하던 아이가 정답을 알겠다는 듯 말했다.

"각 나무가 가진 특성을 정확하게 간파하고 있었던 거겠지. 나무에게 적당한 햇볕, 물, 바람 같은 걸 딱 맞춰준 걸 거야. 맞지?"

의기양양하게 고개를 들어 올린 아이를 보며 내가 키득키득 웃었다.

"아니래. 그냥 나무를 심고 흙을 평평하게 해준 후에 건드리거나 걱정하지 않았대. 그저 무심하게 두었던 거지."

"그냥 두면 죽을 수도 있지 않아?"

이해할 수 없다는 말투로 아이가 물었다.

"보통 사람들은 나무를 잘 키우기 위해 열심히 들여다보잖아. 아침에 와서 보고, 점심에 와서 또 보고, 저녁에는 잘 크는지 확인하려 만지거나 흔들어도 보고 말이야. 그렇게 사랑을 쏟으면 잘 클 거라 기대하지만, 실상은 아니래.

오히려 나무의 본성이 훼손되어 잘 크지 않는다는 거지."

"아…… 그럴 수도 있겠다."

아이 고개가 끄덕끄덕 위아래로 움직였다.

"책의 저자는 나무를 키우는 일이 자식을 키우는 일과 같다고 하더라. 타고난 본성대로 잘 자라도록 적당히 마음 거리를 유지하라는 뜻이겠지. 엄마 생각도 똑같아. 너는 네 인생을, 엄마는 엄마 인생을 살면서 필요할 때 서로 도움을 요청하면 좋겠어. 널 키우는 동안 엄마가 바라는 건 딱 한 가지뿐이야!"

"그게 뭔데?"

"네가 제대로 독립하는 것! 심리적으로도 경제적으로도 완전히 독립해서 네가 너를 먹여 살리고 잘 돌보면 좋겠어! 네 인생을 온전히 책임지면서 말이야."

나무가 원하는 대로 자유롭게 뿌리 내리면 좋겠다. 바람이 불고 비가 내리는 날엔 뿌리가 더욱 견고해지는 중이라 격려해주면 좋겠다. 그러다 가끔씩 본성대로 뿌리내린 나무에게 한마디 해주면 좋겠다.

"잘 자라고 있구나. 넌 단단한 나무가 될 거야!"

10. 말하는 대로

♬ 나 스무 살 적에 하루를 견디고
불안한 잠자리에 누울 때면
내일 뭐 하지 내일 뭐 하지 걱정을 했지
……
말하는 대로 말하는 대로
될 수 있다곤 믿지 않았지
믿을 수 없었지
……
그러던 어느 날 내 맘에 찾아온
작지만 놀라운 깨달음이
내일 뭘 할지 내일 뭘 할지 꿈꾸게 했지
……
마음먹은 대로 생각한 대로

할 수 있단 걸 알게 된 순간

고갤 끄덕였지 ♬

〈무도 가요제〉에서 유재석과 이적이 부른 노래 「말하는 대로」의 가사다. 막막했던 20대의 심정을 담은 노래인데, 어떻게 보면 말하는 대로 인생이 풀린다는 뜻으로도 해석될 수 있다.

사람들은 흔히 말을 '에너지' 혹은 '파동'으로 인식하고 그 힘이 상대에게 가닿는다고 말한다. 또한 이를 물의 결정 실험이나 양파 실험을 통해 증명하기도 했다.

내가 본 실험 중에 인상적이었던 것을 하나 소개하자면 이렇다. 엄마와 아이로 구성된 6개 팀이 있다. 각 팀은 순서대로 방에 들어가서 바구니에 공 넣기를 한다. 아이는 눈을 가린 상태로 공을 던져야 하고, 엄마는 동그란 바구니를 들고 정해진 자리에서 공을 받아야 한다. 다만 엄마는 아이에게 공을 던지는 방향을 알려줄 수 있다.

순서대로 게임이 진행되고 결과가 나왔는데, 12개 이상의 공을 받은 팀 네 팀과 각각 7개씩만 성공한 두 팀으로 나누어졌다. 공을 많이 받은 팀과 그렇지 못한 팀의 결정적인 차이는 무엇일까?

"아니! 그쪽 아니고! 아니, 반대쪽! 아니 앞에!"

"하나도 안 들어가겠다. 아니! 아니야! 아니! 이건 안 돼! 아니! 정면 봐야지!"

하위 두 팀의 엄마들이 외친 말들이다. 정확하게 방향을 지시하기 위함이지만, 분명히 부정적인 말들을 포함하고 있는 것을 알 수 있다.

그렇다면 12개 이상 성공한 팀의 엄마들은 어떤 말을 했을까?

"오! 그렇지. 우와! 잘하네!"

"오! 잘하는데?"

설사 공이 빗나갔다고 하더라도 아이를 칭찬하는 말들을 했고 표정도 밝았다. 결국 이 실험은 부정적인 말이 부정적인 결과를 만든다는 사실을 보여주었다.

사실 이 영상을 보고 나는 아주 많이 뜨끔했었다. 어떤 일에 임할 때 나는 크든 작든 목표를 세운다. 그리고 그 목표를 위해 노력한다. 물론 육아에서도 그런 성향이 자주 드러나곤 했었다. 목적지를 향해 아이와 걸어간다면, 설렁설렁 꽃 구경을 하는 아이를 기다려주는 여유를 발휘하기 힘들었다. 시간이 지나 생각해보면 왜 그리 삶의 여유를 몰랐을까 싶기도 하다.

당시 내가 그 실험에 참가한 엄마였다면, 모르긴 몰라도 하위 두 팀 중 한 팀이지 않았을까?

그래도 다행인 건 이제 목표만 따라가는 우둔함에서 벗어났다는 사실이다. 샛길로 새는 여유와 더불어, 참고 기다려주는 인내심도 생겼다. 큰 틀에서 볼 때 목표에 도달하는 것이 성취감을 얻는 최선의 방법이겠지만, 과정을 즐기는 지혜도 반드시 필요한 법이다.

알다시피 말도 습관이다. 그래서 우리는 매일 비슷한 말들을 무심코 내뱉으며 산다. 가끔 아이가 내가 쓰는 단어나 말투를 따라 하는 경우가 있다. 그럴 때 문득 내 언어 습관을 자각하게 된다.

내 입에서 나온 말들을 의식적으로 들여다보면 좋겠다. 그리고 같은 뜻을 전달하면서도 유연하고 듣기 좋은 언어를 사용하는 이를 곁에 두는 것도 큰 도움이 될 듯하다. 그럼 자연스럽게 긍정의 언어를 쓰게 되는 건 물론이고, 좋은 언어 습관을 가진 이를 닮아가지 않을까?

11. 내 마음 밭엔 사계절이 산다

벌써 몇 달째, 밤마다 아이와 산책을 나간다. 온라인 수업으로 별다른 재미를 찾지 못하는 아이에게 산책은 유일한 즐거움이자 운동인 셈이다. 산책길에 아이가 걱정스러운 목소리로 말했다.

"엄마, 오늘도 잠이 잘 안 오면 어쩌지?"

"많이 걸으면 오겠지."

별걸 다 걱정한다는 얼굴로 내가 말했다.

"내일도 안 오고…… 그러다가 계속 잠이 안 오면…… 큰일인데……."

근심으로 볼을 축 늘린 채 아이가 나를 쳐다봤다.

"아직 생기지도 않은 일을 뭐하러 걱정해?"

"하지만 진짜 걱정이 된다고……."

"오늘 잠이 올지 안 올지를 미리 걱정할 필요 없어."

"그래도 걱정이 되는걸 어떡해……."

아이 입술이 비죽비죽 춤을 추다 앞으로 쑥 밀려 나왔다.

"그냥 현재를 살아!"

내 말에 아이 눈이 동그래졌다.

"현재를 살라니? 그게 무슨 말이야?"

"네가 지금 움직이는 다리를, 내딛는 땅을, 내쉬고 들이마시는 공기를 느껴보라고. 몸은 여기 있는데 네 마음은 늘 미래에 대한 불안으로 채워져 있잖아."

금세 아이 고개가 바닥으로 당겨지더니 발 꼭지를 열성적으로 쳐다보기 시작했다. 그러곤 걸을 때마다 감각에 집중하는 것이 신기한 경험이라는 듯 피식피식 웃어댔다.

"엄마 말이 무슨 뜻인지 알 것 같아."

동네 한 바퀴를 돌고 공원 트랙에 도착했다. 직사각형의 트랙이 그날도 무심히 사람들의 쫑알거림을 받아내는 중이었다. 여전히 발의 감각에 집중한 덕분에 아이는 다가오지 않은 미래 걱정은 저 멀리 밀쳐둔 것 같았다.

트랙을 세 바퀴쯤 돌았을 때였다. 내가 뱉은 말, "현재를 살아!"가 허공에 둥둥 떠다니다 일순간 내게 척 달라붙었다. 그러곤 완전히 새로운 현재를 보여주기 시작했다.

"이 트랙 말이야. 네모난 면 하나하나가 꼭 계절 같아."

발끝으로 향했던 아이 고개가 쓱 들어 올려졌다.

"그게 무슨 말이야?"

"앞을 바라봐. 어떤 풍경이 보여?"

"풍성한 나무, 반짝이는 가로등……."

"그래, 이 트랙은 꼭 봄처럼 따뜻해 보이잖아."

트랙의 다음 면에 이르렀다. 더 풍성해진 나무와 하얀 꽃이 고개를 배꼼히 내밀고 이렇게 말하는 것 같았다. '한여름 햇살은 너무 뜨거워.'

정수리를 달구는 여름 볕을 피해 아이스크림이라도 사 먹으란 뜻일까? 저 멀리 편의점 간판이 시원한 빛을 흘리며 손짓했다.

이어서 가을 트랙이 나왔다. 하얀 가로등 대신 주황색 가로등이 세심한 빛을 뿌려대고 있었다. 그 때문에 나무들도 단풍색으로 활활 타올라 금방이라도 바닥에 낙엽을 떨굴 것 같았다. 한동안 풍성한 기운이 트랙에 찰랑거리자 나는 마치 가을 들판에 선 듯 묵직한 기분을 느꼈다.

"그럼 여긴 겨울이겠네?"

아이가 마지막 트랙을 가리키며 말했다. 커다란 벽과 그 곁을 지키는 몇 그루 나무들이 전부인 곳, 가로등도 빗겨 앉은 공간이 외로울까 봐 짙은 그늘이 산책을 나온 게 틀림없었다. 바람이 불 때마다 나무들이 휘잉휘잉 겨울 소리를 냈다. 그 소리는 황량함보다는 참고 견디는 단단함에 가까워 내 마음을 묘하게 설레게 했다.

다시 봄으로 돌아온 우린 사계절을 천천히 음미하며 걸었다. 매일 걷는 네모난 트랙에 사계절이 담겨 있는 줄 왜 그제야 알았을까?

책에서 읽은 프루스트의 말을 떠올렸다.

"지혜란 받는 것이 아니다. 우리는 그 누구도 대신해줄 수 없는 여행을 한 후 스스로 지혜를 발견해야 한다."

공원 트랙을 도는 일도 얼마든지 여행이 될 수 있다는 사실과 익숙한 것에서 익숙하지 않은 것을 발견할 수 있다는 사실만으로도 나는 충분히 행복했다.

"넌 지금 어떤 계절을 살고 있어?"

아이 마음이 지나는 계절이 궁금해 물었다.

"내 마음은…… 가을인 것 같아. 엄마는?"

"엄마는 봄! 사람들은 바이러스로 봄이 꽁꽁 얼어붙었다 말하지만, 엄마 마음은 알록달록 봄이야."

트랙에서 발견한 사계절이 마음에도 똑같이 있다며 낮은 소리로 우린 함께 웃었다. 트랙만 돌아도, 마음 밭만

들여다봐도 얼마든지 사계절을 발견할 수 있으니 얼마나
좋은가.

　집으로 돌아오는 길, 쌀쌀한 바람이 휙 불어오는 중에
도 나는 봄꽃 가득한 마음 밭을 바라보며 즐거워했다.

12. 나다운 하루

소설가 로맹 가리는 1945년 제2차 세계대전 중에 쓴 소설 『유럽의 교육』으로 프랑스 비평가상을 수상했다. 첫 소설 이후 낸 작품들도 하나같이 세간의 주목을 받았다.

그는 1956년 『하늘의 뿌리』로 공쿠르상을, 1964년 『새들은 페루에 가서 죽다』라는 작품으로 미국에서 최우수 단편상을 받았다. 갈수록 그의 명성은 드높아졌고, 비평가들도 '완벽의 경지'라는 찬사로 그를 한껏 추켜세웠다.

하지만 영원할 것 같던 인기도 서서히 시들기 시작했다. 그가 새로운 작품을 내어놓을 때마다 비평가들은 입을 모아 그의 작품을 비하하고 깎아내리기 바빴다.

그때 신인 소설가인 에밀 아자르의 작품이 발표되었는데, 그의 신선한 발상에 일제히 찬사가 쏟아졌다. 게다가 『자기 앞의 생』이라는 작품으로 공쿠르상을 받자 모두들

로맹 가리 대신 에밀 아자르가 최고라고 목소리를 높였다.

1980년 12월 2일 로맹 가리는 자살로 생을 마감했다. 그런데 후에 그가 남긴 유고작 『에밀 아자르의 삶과 죽음』 이 발표되자 프랑스 전체가 혼란에 빠지고 말았다.

로맹 가리가 에밀 아자르라는 가명으로 작품을 발표했 다는 사실이 밝혀졌기 때문이다. 자신의 이름으로 발표해 봤자 모두들 혹평만 할 것을 알고 있었기에 그는 가상의 인물, 즉 에밀 아자르를 만들어냈다. 에밀 아자르에 쏟아 진 찬사들을 보며 그는 과연 어떤 생각을 했을까?

그의 고뇌는 생전의 인터뷰에 잘 드러난다.

"나는 삶을 살아가기보다 내 삶에 의해 살아졌다는 느 낌이 든다."

대중이 말하는 로맹 가리의 이미지와 작품 속에는 진짜 로맹 가리가 없었다. 그래서 그는 전 생애를 통해 진짜 자 신을 표현하려 부단히 노력했던 것이다. 그런 이유로 유 서에 남긴 그의 마지막 문장은 모두의 마음을 서늘하게 만든다.

"나는 마침내 나를 완전히 표현했다."

로맹 가리를 죽이고 에밀 아자르만 살게 한 선택이야말 로 그가 할 수 있었던 궁극의 자기표현이었던 셈이다.

우리는 사회적으로 다양한 역할을 하며 살아간다. 엄마, 아내, 며느리, 딸, 학부모, 친구…… 그 역할들을 수행할 때마다 우리는 다른 캐릭터를 드러내곤 한다. 친정집에선 애교쟁이 막내딸인데 시댁에선 큰형님으로서 듬직한 역할을 한다든지, 집에선 한없이 너그러운 엄마인데 회사에서는 까칠한 캐릭터로 통한다든지 하는 식으로 말이다.

하지만 중요한 건 어떤 역할을 하느냐가 아니라, 그 역할을 할 때 내가 얼마나 편안함을 느끼는가이다. 역할에서 불편함을 느끼는 경우, 우리가 주체적으로 삶을 살아가기보다 삶에 의해 살아가기 쉽기 때문이다.

로맹 가리는 아주 극단적인 경우이긴 하지만, 우리 같은 평범한 이들도 역할의 어려움과 억울함을 충분히 느낄 수 있다. 그러니 가능한 한 '나다움'을 유지하는 노력이 필요하다. 가장 나다울 때 비로소 주체적인 삶을 살 수 있으니까.

나는 매일 밤 잠들기 전, 하루를 돌아보며 자문해본다.

오늘 나는 얼마나 '나'다웠는가? 그리고 얼마나 주체적으로 살았는가?

13. 누운 소나무

커다란 저수지를 따라 걷던 중이었다. 저수지 펜스 밑, 깎아지른 경사면에 소나무들이 한가득 솟아 있었다. 그런데 하나같이 경사와 반대 방향으로 몸통을 쭉 뻗은 것이 아닌가. 마치 경사에서 탈출하고자 사력을 다하는 모양새로. 힘겹게 몸을 누인 모습이 신기하기도 안쓰럽기도 하여 나는 한참을 서서 그들의 위태로운 모습을 구경했다. 얼마나 힘들까, 하는 짠한 마음이 스미는 순간 얼마 전에 읽은 책 『나는 나무에게 인생을 배웠다』의 한 대목이 떠올랐다. 서울 청계산 원터골 입구에 코브라처럼 휜 소나무가 있다는 이야기! 여느 소나무처럼 쭉쭉 뻗어 올라가지 않고 몸을 배배 꼰 데는 그만한 속사정이 있다고 했다.

"저기 소나무들 말이야. 저렇게 누운 이유가 뭘까?"

옆에 선 우리 아이에게 내가 물었다.

"경사진 땅이 싫은 거 아닐까? 평평한 땅이면 자라기도 쉬울 텐데, 경사가 졌으니 제대로 못 자라서 저렇게 된 것 같은데?"

"책에서 읽었는데 말이야. 소나무 머리끝, 그러니까 우듬지는 빛을 찾아 자란대."

그러자 아이가 목을 길게 빼고 소나무들을 더 열심히 살폈다.

"아하! 엄마 말이 맞나 봐. 반대쪽은 햇볕이 많이 드는데 여긴 거의 들지 않아. 햇볕을 찾느라 몸이 휘었나 봐."

햇볕을 끌어다 소나무에게 주고 싶다는 듯 아이 목소리에 아쉬움이 들어찼다.

"어머! 저기 저 소나무 좀 봐!"

내가 가리킨 곳에 누운 소나무 두 그루가 몸을 합치다시피 포개고 있었다.

"우와! 신기하다!"

동그랗게 뜬 눈을 더 넓히며 아이가 뛰어올랐다.

"근데 밑에서 지탱하는 소나무는 너무 힘들지 않을까?"

불편하게 몸을 누인 것도 모자라 큰 소나무가 작은 소나무를 아래서 힘껏 받치고 있었다.

"너무 힘들겠다. 저러다가 부러지면 어쩌지?"

고개를 끄덕이며 입을 앙다문 아이를 보자, 문득 이런 생각이 들었다.

'햇볕을 찾아 함께 몸을 뻗다 아이가 지치면 부모가 저렇게 밑에서 받쳐주지 않을까? 행여 비바람에 그 작은 가지가 꺾일까 노심초사하다가 제 몸으로 가지를 지탱해주려던 건지도 모르지.'

그때 바람이 횡! 소용돌이처럼 불어왔다. 오랫동안 가지를 떠는 다른 소나무들에 비해 몸을 합친 소나무 두 그루는 무겁게 고개를 끄덕이다 이내 뚝 멈췄다. 아래서 받쳐줘서인지, 서로 의지해 견고해진 덕분인지는 알 수 없었지만 그들이 유독 잘 견디는 것만은 확실해 보였다.

잠시 후 내가 막 몸을 돌렸을 때였다. 손을 잡고 지나가던 할아버지와 손자가 소나무를 힐끔거리다 멈춰 섰다. 열 살 남짓 되어 보이는 손자가 제법 진지한 목소리로 물었다.

"할아버지! 미래 말이에요…… 미래가 오면 나는 어른이 될 거잖아요."

"그렇지. 그게 왜?"

낮고 차분한 음색으로 할아버지가 물었다.

"그럼 할아버지는요?"

그 짧은 질문은 어쩐지 '이별, 슬픔' 등과 맞닿아 있는 것 같아 내 마음을 순식간에 불편하게 만들었다.

"할아버지는 더 늙겠지."

아이 마음을 달래려는 듯 할아버지가 웃으며 대꾸했다.

"아뇨. 더, 더 시간이 지난 미래 말이에요. 그럼 할아버지는 그 미래에는 없는 거겠죠?"

나는 듣지 말아야 할 은밀한 대화라도 들은 사람처럼 입술을 살짝 깨물었다. 모든 살아 있는 것들은 살아 있지 않은 상태로 나아간다는 것, 삶과 죽음은 이어져 있다는 것, 그렇지만 그게 꼭 영원한 이별과 슬픔은 아니라는 것…… 내게 떠밀려온 말들을 아이에게 전해주면 좋겠다 싶었다.

살포시 몸을 돌려 할아버지 얼굴을 들여다봤다. 다행히 슬픔이나 서글픔 대신 난감함만 가득했다.

"그렇지. 아주 먼 미래에는 할아버지가 없겠지. 그래도 슬퍼할 필요 없어."

할아버지 말에 아이가 눈매를 늘여 쳐다봤다.

"왜요? 할아버지가 없으면 난 슬플 텐데요……."

"그때를 위해서 이렇게 너랑 걷고 있는 거야."

그게 무슨 말이냐고 물으려는 듯 아이 입술이 달싹였다. 그러다 이내 바람 진동을 털어낸 두 그루 소나무처럼 입술이 가만히 멈췄다. 알 듯 말 듯 한 그 말을 마음에 담고 숙성시켜보려는 건지도 몰랐다.

여전히 손을 잡은 할아버지와 손자가 다시 걸어갔다. 작은 소나무를 받치고 있는 큰 소나무를 흘깃 쳐다본 나는 멀어져가는 할아버지와 손자의 뒷모습을 오랫동안 바라보았다.

휘잉! 제법 세찬 바람이 불어왔다. 몸을 합친 두 그루 소나무도, 할아버지와 손자도 바람이 비켜 간 듯 굳건해 보였다. 나는 그 든든한 장면을 보며 소나무들에겐 따뜻한 햇볕이, 할아버지와 손자에겐 풍성한 추억이 내려앉기를 기도했다.

14. 꾸준함의 힘

배연국이 쓴 『거인의 어깨를 빌려라』라는 책에 이런 이야기가 나온다.

어느 날 소크라테스가 제자들에게 말했다.

"오늘 아주 간단한 운동 한 가지를 알려주겠다. 팔을 앞으로 쭉 뻗어라. 그다음 뒤로 쭉 뻗어라. 이 동작을 매일 300번만 하면 된다."

그는 이 동작이 성공의 비결이라는 말도 덧붙였다.

한 달 후, 운동을 매일 하는 사람을 조사하니 90%나 되었다. 다시 한 달 후에는 40%만 지속하고 있었다. 1년 뒤에는 단 한 명만 운동을 계속했다. 그가 바로 플라톤이었다. 결국 위대한 사람이 되는 비결은 지루한 일을 매일 반복하는 것이 아닐까?

『나를 위로하는 글쓰기』의 저자 셰퍼드 코미나스 박사가 밝힌 일기에 관한 이야기 또한 아주 흥미롭다.

젊었을 때 그는 편두통 때문에 힘든 시간을 겪었다. 그런데 병원에 가서 검사를 해도 원인을 찾을 수 없었다.

한번은 그를 진료하던 의사가 진통제를 주면서 이상한 조언을 덧붙였다.

"일기를 써보세요."

마땅한 대안이 없던 코미나스 박사는 할 수 없이 일기 쓰기를 시작했다. 물론 그 와중에도 고통스러운 편두통이 지속되는 바람에 일기 내용은 온통 편두통에 대한 불만들이었다. 갈수록 그의 일기에는 부정적인 내용들이 가득 찼고, 급기야 가족과 지인들에 대한 원망들이 쏟아져 나왔다.

그런 일들이 지속되던 어느 날, 그는 문득 깨달았다. 일기에 자신의 감정을 털어낸 후 마음이 한결 가벼워졌다는 사실을. 더구나 긴 글을 쓰느라 통증을 잊는 날도 많았다.

그는 그 후 50년이 넘도록 매일 일기를 썼다. 그리고 그 덕분에 글쓰기의 치유 효과를 연구하고, 대중들에게 알리는 일을 하게 되었다.

나는 몇 년 전부터 주중에 매일 30분씩 영어 공부를 하고 있다. 더 길게도 짧게도 아닌, 딱 30분이다. 대신 주말을 제외하고는 매일 하는 것을 원칙으로 한다.

알다시피 꾸준히 공부하는 이들의 고민은 엇비슷하다.

'도대체 내 실력이 늘고 있긴 한 건가?'

'작년과 실력이 똑같은 것 같은데?'

'이 방법이 잘못된 게 아닐까?'

전문가들의 조언에 따라 나도 다양한 공부법을 시도해보았다. 어떤 방법은 효과적이었지만 지속하기가 힘들었고, 또 어떤 방법은 쉽고 간편한 반면 효과가 없었다. 여러 시도 끝에 내게 꼭 맞는 방법을 발견했다. 그때부터 지금까지 습관처럼 공부를 꾸준히 이어오고 있다.

솔직히 처음 몇 년 동안은 실력이 늘고 있는지조차 가늠할 수 없었다. 그러다 어느 날, 1년 전에 녹음한 영어 낭독을 들어보고 깜짝 놀랐다. 예전에 수시로 뭉개지던 발음들이 이제는 확실히 교정되었다는 사실을 발견했기 때문이다.

어떤 노력도 당장의 결실로 이어지긴 어렵다. 그저 시간과 노력이 쌓이다 보면 어느 순간, 스스로 체감할 수 있는 발전이 선물처럼 주어지는 것이다.

나는 믿는다. 위대한 이들의 꾸준함만큼은 아니더라도, 최소한 나에게 맞는 '꾸준함'은 매일 발휘할 수 있다고. 그리고 그 꾸준함이야말로 평범한 나를 위대하게 만들어줄 열쇠라고.

15. 이건 진짜일까요?

누구에게나 인생 영화가 있다. 수없이 반복해서 보다가 문득 깨달음을 얻는 영화, 무심히 지나친 장면들이 어느 순간 의미 있게 다가오는 영화, 그래서 내 삶에 큰 힘이 되어주는 영화 말이다.

내 인생 영화는 〈트루먼 쇼〉다. 나는 웬만해선 같은 영화를 반복해서 보지 않는다. 그런데 이 영화만큼은 열 번 이상 본 것 같다. 게다가 영어 공부를 위해 대사를 따라하기도 했었다. 그만큼 천천히, 느리게 보고 또 본 영화인 셈이다.

영화 초반에 난데없이 하늘에서 조명이 떨어지는 장면이 있다. 깜짝 놀란 트루먼이 조명을 살피니 '시리우스'라고 적혀 있었다. 왜 하필 시리우스일까?

시리우스는 하늘 전체에서 가장 밝은 별로 통한다. 그

런 별이 인공조명이 되어 하늘에서 뚝 떨어진다고 생각해 보자. 가공의 별(실제로는 조명)이 진짜 별의 이름으로 존 재하는 아이러니한 세계를 묘사하는 건 아닐까?

어릴 적 트루먼의 꿈은 마젤란 같은 탐험가였다. 철저 히 통제되는 인공 세계에서 탐험은 위험한 일이다. 당황 한 선생님이 말한다. 세상에 더 이상 탐험할 곳은 없다고. 이미 다른 사람들이 다 탐험했다고. 이는 교육이 인간을 철저히 통제하고, 특정 사상을 주입시키는 현실과 그리 달라 보이지 않는다.

사람들은 높은 곳에 오르는 트루먼을 끌어내리고, 아버 지의 죽음 연기로 물 공포증까지 갖게 한다. 그런데 주어 진 현실에서 벗어나지 못하도록 만들어진 세상이 비단 트 루먼만의 세상일까? 플라톤이 말한 동굴 속 포로의 삶이 우리와는 완전히 동떨어진 것일까?

나는 가끔 내가 생각하는 진짜가 진짜일까 궁금해진다. 어쩌면 나는 동굴 속 그림자가 진짜 현실이라고 믿으며 살고 있는지도 모른다. 진짜 현실을 볼 용기가 없거나, 지 혜가 없거나, 혹은 둘 다 없을 수도 있다. 어쨌든 일단은 의심해본다. 무조건적인 수용보다 의심이 조금은 나아 보 이기 때문이다.

트루먼 쇼 방송에서는 24시간 쉬지 않고 광고가 흘러나온다. 반복된 노출은 우리로 하여금 의도된 선택을 하게 한다. 내 의지로 무언가를 선택했다는 착각을 하지만, 실상은 그렇지 않은 경우가 많다. 그러니 우리의 선택이 진짜 내 의지인지 들여다볼 필요가 있다.

이 영화의 클라이맥스는 트루먼이 물 공포증에도 불구하고 배를 타고 탈출을 감행하는 장면이다. 그는 콜럼버스의 배와 같은 이름인 '산타마리아호'를 타고, 밧줄로 몸을 꽁꽁 묶은 채 재난에 맞서 싸운다. 이는 통제된 세계를 벗어나 신대륙을 발견하려는 의지의 표현일 것이다.

그의 배가 거대한 벽에 박혔을 때, 얼핏 그의 탈출은 실패인 것처럼 보인다. 그는 주먹으로 벽을 치고 온몸을 던져 벽에 저항한다. 물론 벽을 깨부술 순 없었지만, 늘 그렇듯 실패는 또 다른 가능성으로 연결된다. 〈트루먼 쇼〉의 연출자 크리스토퍼의 설득에도 트루먼은 진짜 문을 열고 인공 세계에서 탈출한다. 그리고 진짜 첫사랑을 만나러 간다.

내 생각과 나를 둘러싼 현실을 하나씩 들여다보자. 진짜와 가짜 사이, 그 어디쯤 존재하고 있는 나를 발견할 수 있을 것이다. 나는 오늘도 의심해본다. '이건 진짜일까?'

16. 혈액형

출산 당시, 양수가 일찍 터지는 바람에 아이가 태변을 먹은 것 같다고 했다. 긴급 상황이라 혈액형 검사도 못 한 채 신생아 중환자실로 옮겨졌다. 이후 건강하게 퇴원했지만 아이는 혈액형을 모른 채로 자랐다.

아이를 관찰한 주변인들은 검사를 해볼 필요도 없이 A형이 틀림없다고 입을 모았다. 아이는 늘 행동이 조심스러웠고, 목소리도 작았으며, 조용히 관찰하는 것을 좋아했기 때문이다.

그런데 몇 년 후, 검사를 해보니 O형이었다. A형인 남편은 이상하다며 고개를 갸웃거렸다. 분명 자신처럼 소심한 성격 같은데 어떻게 O형이냐는 것이었다.

재미있는 건 그전까지 A형이 틀림없다고 말했던 사람들의 태도 변화였다.

"그러고 보니 O형 같네."

"O형 특성이 이제야 보이는군."

"저럴 때 보면 영락없는 O형이야."

게다가 아이 또한 본인이 A형이라고 믿었던 때보다 확실히 적극적이고, 쾌활해졌다. 마치 스스로 O형다운 사람이 되려고 결심한 것처럼 말이다. 나는 궁금했다. 과연 아이가 A형으로 밝혀졌어도 다들 비슷한 반응을 보였을까?

예전에 혈액형에 관한 재미있는 실험이 있었다. 대학생들을 A형, B형, O형, AB형으로 각각 나누었다. 그리고 각 혈액형에 맞는 성격 정보를 해당 그룹에 주었다. 혈액형 정보가 자신의 실제 성격과 어느 정도 일치하는지를 묻기 위해서였다.

그런데 신기하게도 네 그룹 모두 정확하게 일치한다고 대답했다. 여기서 더 재미있는 건, 사실 네 개의 정보가 똑같았다는 점이다. 이를 바넘 효과(Barnum effect)라고 부른다.

19세기 미국에 링링 서커스단이 있었다. 바넘이라는 이름의 곡예사는 단번에 성격을 알아맞히는 것으로 유명세를 떨쳤다. 관객 중 누구의 성격이라도 바로 알아맞히는 그의 능력에 사람들은 감탄했다. 그런데 사실 그건 특별한 능력 때문이 아니라, 가장 일반적이고 공통적인 내용만을 말해서였다.

이를테면, "당신은 무척 쾌활하군요. 하지만 가끔은 혼자 있고 싶어 하는 성향이죠. 그리고 가끔은 까칠해지기도 해요. 물론 다른 사람을 포용하려는 성향도 있군요."

이 짧은 문장에 해당하지 않는 사람이 있기는 할까? 이처럼 그럴듯하게 대중적인 요소를 말하는 것을 바넘 효과라 부르고, 이는 일반적인 성격을 본인만의 특성이라고 믿는 것을 의미한다.

그런가 하면 이런 실험도 있었다. 미국 대학의 한 교수가 시험을 앞둔 백인 학생들에게 이렇게 말했다.

"아시아계 학생들이 확실히 수학을 잘하지. 이번 시험은 그 결과를 알고자 하는 것이네."

이 편견 어린 말이 학생들에게 직접적인 영향을 미치는지를 실험한 것이다. 참고로 실험에 참가한 백인 학생들은 평소 성적이 뛰어난 학생들이었다. 그런데 실험 결과, 백인 학생들은 그 시험에서 성적이 큰 폭으로 떨어지고 말았다.

결론적으로 말하면, 편견 어린 말은 우리의 인식을 제한한다. 실험에서 학생들은 '아시아계 학생들보다 수학을 못하는 백인'으로 스스로를 인식했기에 제 기량을 발휘하기 힘들었던 것이다.

이와 엇비슷한 실험들도 여럿 진행되었다. 가령 여학생이 남학생보다 수학을 못한다는 편견 실험이나, 흑인이 백인보다 똑똑하지 못하다는 편견 실험 등이었다. 그리고 매번 편견의 말이 피실험자들에게 큰 영향을 미치는 것으로 드러났다.

다시 혈액형 이야기로 돌아와서 생각해보자. 소심한 A형, 다혈질 B형, 명랑한 O형, 특이한 AB형, 이 편견에 스스로를 가두고 있진 않은가? 앞선 실험을 통해서 알 수 있듯이 우리가 가진 편견은 우리 자신은 물론, 대상에 대한 생각을 고착화시킨다. 이는 바넘 효과처럼 일반적이고 그럴듯한 정보를 개인의 특징으로 착각하는 것일 뿐이다.

그렇다면 동일한 방식으로 '긍정적인 편견'도 가질 수 있지 않을까?

예를 들어, 내가 우리 아이에게 입버릇처럼 내뱉는 편견의 말은 이런 것이다.

"끈기 있는 사람은 반드시 원하는 바를 이룰 수 있지. 엄마는 살면서 너처럼 끈기 있는 사람은 처음 봐!"

이 편견의 말 덕분인진 몰라도 최근에 아이는 스스로의 장점 중 '끈기'를 일등으로 꼽았다. 이처럼 우리가 사용하는 편견의 말이 부정적, 혹은 긍정적인 결과로 이어진다면, 가능한 한 긍정적인 편견의 말을 사용하는 쪽이 훨씬 유익할 것이다.

이야기의 힘

*

"모든 사람은 천재다.
하지만 당신이 나무에 기어오르는 능력을 기준으로 물고기를 판단한다면,
그 물고기는 평생 자기가 어리석다고 생각하며 살게 될 것이다."

– 아인슈타인

17. 읽어야 산다

읽는다는 행위만큼 자발적이고 적극적인 일도 없다. 눈으로 글자를 인식하고, 머리로 이해하고, 저자가 하고자 하는 말을 해석하는 일련의 일은 고도의 정신 활동임에 틀림없다.

대부분의 사람들은 평생에 걸쳐 독서의 중요성과 효용에 관해 말하고 듣는다. 그럼에도 불구하고 독서를 열심히 하지 않는 이유는 무엇일까? 다른 일로 바빠서, 피곤해서 등등 이유는 다양하다. 하지만 진짜 바쁜 CEO들조차 일부러 짬을 내어 책을 읽는다. 엘리베이터를 기다리는 시간, 차로 이동하는 시간, 누군가를 기다리는 시간까지 끌어모아 열심히 독서를 한다.

나도 한때는 이런저런 핑계를 대며 책을 열심히 읽지 않았다. 세상에 재미있는 것들이 너무 많아서 한번 빠지면 독서가 주는 효용은 생각도 안 날 지경이었다. 미드는 몰아서 한 번에 봐야 제맛이고, 우연히 한 편 본 드라마가 재미있으면 계속 볼 수밖에 없었다. 그런데 그런 날들이 늘어갈수록 마치 마음에 빚을 지고 있는 듯한 불편함이 밀려왔다.

'책을 읽어야 하는데…….'

이 생각이 계속 머릿속에 맴돌았다.

결국 안 되겠다 싶어 강제 독서 환경을 만들었다.

첫째, 서평 이벤트에 적극적으로 참여했다. 무료로 신간을 받을 수 있으니 좋고, 어차피 읽는 책이라면 서평까지 써서 기억에 오래 남게 하면 더 유익하겠다 싶었다.

둘째, 온라인 독서 모임을 만들었다.

2주일에 한 권씩 같은 책을 읽고 매주 금요일마다 간단한 리뷰를 온라인으로 공유하는 방식이었다. 혼자 읽기 버거운 책을 끈기 있게 읽을 수 있고, 새로운 시각을 배울 수 있어서 여러모로 좋았다.

셋째, 꾸준히 글쓰기를 했다. 글을 쓰는 일도 독서를 지속하는 원동력이다. 독서가 인풋이라면 글쓰기는 아웃풋이다. 인풋과 아웃풋이 적절한 비율로 유지될 때 우리는 지적 성장을 기대할 수 있다. 내가 한동안 블로그에 열심히 글을 쓴 이유 또한 개인적인 기록을 뛰어넘어 지식을 다시 한번 아웃풋하자는 의미였다.

의사이자 작가인 가바사와 시온은 그의 책 『소소하지만 확실한 공부법』을 통해 아웃풋의 중요성을 강조했다. 대부분의 사람들은 인풋에만 집중하는 탓에 습득한 지식을 제대로 활용하지 못하고 있단다. 그래서 그는 인풋을 30퍼센트, 아웃풋을 70퍼센트 비율로 유지하라고 조언한다. 아웃풋의 종류는 다양하지만 그중 가장 쉽고 정확하게 할 수 있는 것이 바로 글쓰기다. 가능한 자주 SNS에 글을 올려 아웃풋의 횟수를 늘려가는 것이 좋다. 쓰고 싶은 주제가 없다면 독서로 채우면 되고, 이를 다시 글로 표현하다 보면 지식이 저절로 체화될 것이다.

나는 집 곳곳에 책을 둔다. 우리 집엔 식탁, 책상, 소파에도 책들이 쌓여 있다. 읽고 있는 책, 읽을 책, 이미 읽은 책들이 뒤죽박죽인 경우가 많다. 이미 읽은 책은 중요하다고 표시해둔 부분 위주로 읽고, 읽을 책은 목차를 미리 살펴본 후 흥미로운 부분부터 읽는다. 이런 식으로 짬짬이 책을 쥐면 한 권을 금세 읽는 경우도 많다.

매일 자발적인 독서를 유지하는 사람이라면 더없이 좋

겠지만, 만약 나처럼 강제성이 필요하다면 내가 소개한 방법을 시도해보기 바란다. 이런 방법들 덕분에 책을 읽는 일은 내게 더 이상 어렵거나 귀찮은 일이 아니다. 오히려 즐거운 '틈새 공략'이라 부르며 즐기곤 한다.

18. 캄캄한 동굴

전안나의『1천 권 독서법』에 다음과 같은 내용이 나온다.

"책을 100권 정도 읽자 마음이 안정됨을 느꼈고, 300권쯤 읽은 뒤에는 누군가를 미워하고 원망하는 마음이 사라졌으며, 500권을 읽고부터는 새로운 세계에 대한 호기심이 차올랐다. 결정적 변화는 800권 독서를 기점으로 찾아왔다. 800권의 책을 읽자 작가가 되어 책을 내고 싶다는 생각이 들었다."

책을 많이 읽는다고 사람이 변할까? 이를 궁금해하는 사람들이 많다. 물론 좋은 책을 읽어도 스스로 깨닫지 못하면 아무 소용이 없다. 하지만 나는 믿는다. '책은 도끼다(책은 우리 안의 꽁꽁 얼어붙은 바다를 깨뜨려주는 도끼다 –프란츠 카프카)', 이 말이 진리라는 것을.

나도 꽤 오랫동안 책을 읽어왔다. 덕분에 모났던 마음

과 성격도 제법 둥글게 깎였다. 예전에 얼마나 뾰족했냐면, 괜스레 화가 차오르거나 별일 아닌 일에도 억울해서 울어버리는 일이 많았다. 어디 그뿐인가, 상대방에 대한 실망으로 쉽게 등을 돌리는 일도 빈번했었다.

그런데 책을 읽다 보니 나의 어린 시절이 내 발목을 잡고 있다는 걸 깨달았다. 부모님에게 충분한 보살핌을 받지 못하면 내면의 아이가 늘 불안하고, 화난 상태라는 것도 책을 통해 알게 되었다. 그때부터 조금씩 원망의 마음을 내려놓기 시작했다. 나를 다독이며 계속 책을 읽었고, 덕분에 조금씩 성장할 수 있었다.

20대 초반에 짧은 소설을 끄적인 적이 있다. 지금 생각하면 딱히 스토리도 없는 이야기를 주저리주저리 늘어놓기만 했던 습작이었다. 머릿속에 반짝하고 짧은 이야기가 생각나면 얼른 노트에 적었다. 그러곤 친구에게 전화해 읽어주었다. 친구는 매번 호평과 혹평을 반쯤 섞어 모호하게 말했지만, 그 말 속에 숨은 속내를 나는 단번에 알아챘다.

'네 이야기들은 너무 어두워!'

인정하고 싶지 않았지만, 나도 이미 알고 있었다.

손과 발을 더듬으며 캄캄한 동굴 속으로 들어가는 느

낌, 촛불이라도 켜면 통쾌해서 날아갈 것만 같은 느낌, 그런데도 어둠에 맞서 싸울 수 없는 느낌!

스토리나 주제가 어두운 것이 아니라, 실은 나의 내면이 한없이 어두워서였다. 내면의 아이와 화해하지 못한 채, 그저 계속 화를 꿀꺽꿀꺽 삼켜대던 시절이었다. 화, 억울함, 원망 등이 속에서 한데 뭉쳐져 캄캄한 동굴이 되어버린 거였다.

30대부터 나는 꾸준히 책을 읽었다. 나를 변화시키는 가장 손쉬운 방법이라 믿어서였다. 그렇게 책과 함께 세월이 흘렀고, 우연히 동화를 쓰기 시작했다.

'또 그때처럼 캄캄한 동굴 속이면 어쩌지?'

시작과 함께 두려움이 밀려왔다. 내 동굴을 들킬까 염려되었고, 할 수만 있다면 꼭꼭 숨기고 싶었다.

그런데 다행히 동화 속 아이는 환한 햇살 아래 열심히 뛰어다녔다. 까르르 웃다가, 천진난만한 장난을 치다가, 그러다 잠이 오면 까무룩 잠이 들었다.

어쩌면 내가 바라던 어린 시절의 나였는지 몰랐다. 좌충우돌 실수를 거듭해도 결국에는 사랑받는 아이, 혹은 자신이 소중한 존재라는 걸 깨닫는 아이 말이다.

나는 동화 속 아이들이 마냥 좋았고, 밝아진 내면도 만족스러웠다. 이 모든 게 책을 읽은 덕분이었다.

　책을 몇 권 읽든 상관없다. 그저 책을 매개체로 '나'를 만나는 것이 중요할 뿐이다. 누구에게나 있는 내면의 아이, 상처받은 아이를 동굴 밖으로 데리고 나와야만 한다. 그래야 우리도 그 아이와 함께 햇살 아래서 환히 웃을 수 있기 때문이다.

19. 사랑받고 싶은 욕구

오래전, 친구가 이것저것 트집을 잡으며 툴툴대곤 했다.

"넌 늘 이런 식이야!"

서운함이 잔뜩 스민 목소리였다.

"내가 뭘?"

의아한 얼굴로 내가 물었다.

"날 조금도 생각해주지 않잖아."

그 말은 바다 표면에 흩뿌려지는 햇살과 똑 닮아 있었다. 사방으로 흩어져 눈을 어지럽히지만 정작 중요하지 않은 것들! 수면 아래 유유히 흐르는 '진짜 하고 싶은 말'을 찾으려 나는 가만히 친구 눈을 들여다봤다.

"너 사랑이 고프구나!"

무심히 흘리듯 내가 말했다.

"뭐라고?"

친구 눈이 동그래졌다.

"사랑받고 싶은 욕구가 충족되지 않아서 그러는 거라고."

한참 동안 내 말을 곱씹던 친구 얼굴에서 심통 맞은 기운이 스르륵 빠져나갔다.

"그래, 사랑이나 애정, 관심이 고픈가 봐⋯⋯."

"배가 고프면 화가 나듯, 사랑이 고파도 마찬가지지."

"근데 사랑이나 애정이 완전히 충족될 수 있을까?"

진지한 눈으로 친구가 물었다.

"아마 불가능하겠지? 죽을 때까지 사랑받고 싶은 본능에서 자유로울 수 없을 테니까."

'누구나 사랑받고 싶어 한다.'

그 엄연한 사실을 입 밖으로 내놓고 나니 내 마음도 차분히 가라앉았다.

'그래, 나만 그런 게 아니었어.'

사랑받고 싶어 툴툴대던 그 옛날 친구 얼굴에 내 얼굴도 함께 겹쳐졌다.

20. 철학이 필요한 이유

TV 예능 프로그램 중 하나인 〈비정상회담〉에 출연했던 알베르토 몬디가 쓴 책 『널 보러 왔어』에 이런 내용이 나온다.

그는 이탈리아 북동부 베네치아 주의 작은 도시 미라노에서 나고 자랐다. 중세 시대 성과 작은 강, 큰 공원이 있는 고풍스러우면서도 소박한 도시다. 그곳에선 고등학교만 졸업해도 직장을 구하는 데 어려움이 없고, 대부분 그 도시에서 만족하며 평생을 살아간다.

그런데 그는 그 평온한 일상이 싫었다. 더 넓은 세상을 원했고, 평범한 삶이 주는 안정감을 거부하고 싶었다. 하지만 주변인 누구도 그의 마음을 이해하지 못했다. 그들은 행복과 불행 사이 어디쯤에서 '이 정도면 좋은 인생이지 않아? 인생 별거 있어?'라는 마음으로 살았다.

철학과 문학에 몰입한 그가 대학에서 철학을 전공하겠다고 말하자 부모님이 단번에 반대했다.

"애야, 철학을 공부하면 졸업과 동시에 백수가 된단다."

나는 철학에 전혀 관심 없던 학생이었다. 철학과를 나오면 '철학관'을 운영한다는 우스갯소리를 진짜라고 생각했을 정도다.

수능 점수가 예상보다 저조하게 나왔고, 자연스레 내 선택의 폭도 상당히 좁아졌다. 나름 논술에 자신이 있었기에 소신 지원을 해보려 했었는데, 담임선생님이 버럭 화를 내는 바람에 바로 꼬리를 내리고 말았다. 하여튼 그렇게 호랑이 같은 담임선생님한테 등 떠밀려 철학과에 입학했다.

그러고 보니 우리나라나 이탈리아나 별반 다르지 않다. 철학과를 비롯한 인문학 전공자는 백수가 될 가능성이 높고, 철학은 현실 문제를 해결해주지 못한다고 다들 생각하니까 말이다. 물론 나도 그런 말을 수없이 들으며 대학을 다녔다.

그럼 철학은 정말 별 볼 일 없고, 쓸모없는 학문일까?

취업에 유리하지 않은 건 사실이지만, 살아가는 데 철

학만큼 실용적인 학문도 드물다. '나'에 대한 탐구와 정의 없이 세상에서 굳건히 뿌리내릴 수 있을까? 수시로 우리를 흔들어대는 자극들에 초연할 수 있을까? 남들이 바라는 '나'와 내가 바라는 '나'를 구분할 수 있을까?

지나고 보니 나도 삶이 흔들릴 때마다 철학과 문학에 심취했었던 것 같다. 누군가에게 내 삶의 방향을 묻고 싶을 때, 책 속 현자를 찾아 나섰다. 그러다 철학자들을 만나 운 좋게 우문현답을 얻으면 그나마 숨을 쉴 수 있었다.

'내 환경을 탓할 시간에 나를 바꾸는 게 훨씬 경제적이다.'

나를 바꾸는 일은 어렵지만 의식적인 훈련으로 가능한 일이다. 게다가 수천 년, 수백 년 전 살았던 철학자들이 우리의 훈련 선생님이 되어주니 얼마나 감사한가?

내가 낳은 아이라도 나는 그 아이의 운명을 바꿀 수 없다. 그저 아이가 자신을 바로 세우고 제 인생을 살아가도록 도와줄 뿐이다. 이 또한 철학자들의 도움이 더해지면 훨씬 쉬워지니 철학은 나이에 상관없이 꼭 필요한 학문이다.

나는 저녁마다 아이와 철학책을 읽는다. 아이가 초등학교 2학년 때부터 시작한 우리의 철학책 읽기는 중간중간 휴식기를 거쳐 지금까지 이어져오고 있다. 가끔은 나도,

아이도 이해하기 힘든 대목을 만나곤 한다. 그럼 둘이서 머리를 맞대고 유추해본다. 정답이든 아니든 우리가 열심히 생각한다는 사실만으로도 충분히 만족스럽다.

책을 덮을 때쯤, 우리의 결론은 항상 똑같다.

'삶의 진리는 참으로 단순, 명료하구나.'

아이와 철학책을 읽는 시간은 철학자에게 훈련을 받는 시간이자 스스로를 변화시키는 시간이다. 이것이야말로 철학이 꼭 필요한 이유이지 않을까?

21. 여행의 이유

  김영하 작가는 비자 없이 중국에 간 탓에 강제 추방을 당했다. 중국에서 장편 소설을 쓸 계획이 보기 좋게 틀어지자 그는 자신의 방에서 소설을 쓰기 시작했다. 그런데 한껏 몰입해 쓰다 보니 소설을 어디에서 쓰는가가 그리 중요치 않더란다. 주인공을 따라 평양의 거리와 서울 낙원상가, 코엑스 지하를 헤매다 보니 실제 여행을 하고 있는 듯한 착각이 들어서였다.

  그는 자신의 책『여행의 이유』에서 여행에 대해 이렇게 말한다.

  "작가는 대체로 다른 직업보다는 여행을 자주 다니는 편이지만, 우리들의 정신에 가장 큰 영향을 미치는 것은 자신이 창조한 세계로 다녀오는 여행이다. 그 토끼굴 속으로 뛰어들면 시간이 다르게 흐르고, 주인공의 운명을

뒤흔드는 격심한 시련과 갈등이 전개되고 있어 현실의 여
행지보다 훨씬 드라마틱하다."

한 3개월 만에 만난 지인이 내게 물었다.
"그동안 어떻게 지냈어?"
"그냥 매일 똑같지. 동화 쓰고, 산책하고."
내 대답이 신기했던지 지인이 눈을 동그랗게 떴다.
"그럼 너무 지루하지 않아?"
"전혀!"
나는 어깨를 으쓱하며 웃었다.
"변화 없는 생활이 어떻게 지루하지 않을 수 있어? 나
같으면 일주일도 못 할 것 같은데?"
지인의 눈을 들여다보다 나도 문득 궁금해졌다.
'매일 똑같은 시간에 똑같은 일을 하고 있는데, 나는 왜
지루하지 않지?'
"아하! 알겠다!"
손뼉을 짝 치며 내가 키득거리자, 지인이 몸을 당겨 눈
을 빛냈다.
"뭔데?"
"매일 동화를 쓰는 동안 신나게 놀아서 그런가 봐. 싸우

는 아이들을 말리고 장난치는 아이들과 웃다 보면 하루가 휘리릭 지나가거든. 그러다 저녁에 우리 애랑 동네 산책을 나가면, 그제야 여행을 끝내고 일상으로 돌아온 느낌이야."

나는 김영하 작가가 말한 '내 방 여행'을 매일 이어가고 있다. 시공간을 초월해 어디든 갈 수 있고, 그곳에서 낯선 이들의 신뢰와 환대를 받고, 그들과 끈끈한 우정을 나누기도 한다. 표면적으로는 어떤 시도도 없는 듯 보이지만 매일 다른 곳을 여행하고 다른 기분을 느끼니 무료할 틈이 없다.

만약 당신의 삶이 지루하다면 시공간을 초월한 여행을 적극 추천하고 싶다. 또한 그 여행에서 당신이 누군가의 신뢰와 환대를 받았다면 그 귀한 가치를 잊지 않길 바란다. 그 소중한 경험이 언젠가 우리 스스로에 대한 신뢰와 환대로 이어질 가능성이 높기 때문이다. 그렇게 되면 현실에 발 딛고 선 우리 모두는 좀 더 흔들림 없는 사람이 될 것만 같다.

22. 큰 소리로 읽기

매일 아침, 남편은 5분 동안 책을 읽는다. 그것도 등을 곧게 세우고, 아랫배에 힘을 준 채, 아주 큰 소리로 또박 또박 읽어 내려간다. 사실 처음에는 1분도 힘들어서 헉헉 거리기 일쑤였다. 눈 깜짝할 사이에 지나갈 것 같던 1분 이, 낭독하는 동안에는 아주 긴 시간처럼 느껴진다고 했 다. 하지만 꾸준히 하다 보니 어느새 2분, 3분도 무리 없 이 하게 되었다. 그러다 이제 5분 동안 집중해서 낭독하 기에 이르렀다.

큰 소리로 낭독하기는 남편이 스터디 모임에서 알게 된 지인이 알려준 방법이다. 실제 그분은 매일 낭독 훈련을 통해 안정감 있는 발성을 낼 수 있게 되었단다.

큰 소리로 낭독하는 것을 처음에는 다들 부담스러워한 다. 늘 듣던 본인의 목소리지만, 목청을 높인 채 계속 책을 읽다 보면 목은 물론 머리까지 아파온다. 게다가 집중력을 끌어모아 책을 또박또박 읽기란 결코 쉽지 않다. 하지만 한번 몸에 익히게 되면 그때부터 낭독 효과가 나타난다. 발성이 안정되고, 발음도 분명해지며, 꽤 오랫동안 말을 하는데도 부담이 줄어든다.

토호쿠 대학의 카와시마 류타 교수는 낭독을 할 때 뇌 신경세포의 70% 이상이 반응한다는 것을 밝혀냈다. 그의 연구에 따르면 혈액량도 많아지고, 평소보다 뇌의 활동량이 급격히 높아진다고 한다.

그런가 하면 학교 현장에서 선생님들이 아이들과 함께 실천하여 효과를 본 사례들도 많다. 목소리가 작던 아이들이 점점 자신감을 얻게 되고, 발음이 뭉개졌던 아이들이 분명한 발음을 갖게 되었다고 한다.

나는 영어를 비롯한 언어 학습에도 낭독하기가 효과적이라고 믿는다. 어차피 계속 따라서 말해봐야 하니, 이왕이면 큰 소리를 내서 나쁠 건 없다는 생각이다. 그래서 카톡으로 영어 공부 인증을 할 때 영어 낭독을 녹음해서 올리고, 중국어도 마찬가지 방법으로 하고 있다.

혼자만 하는 것이 아니라 아이에게도 영어와 중국어를 암기할 때 큰 소리로 하라고 조언한다. 매일 아침 아이는 정해진 분량을 소리 내어 암송하고 있고, 예전보다 확실히 목소리가 커지고 당당해졌다.

우리 집은 아침마다 시끄럽다. 영어를 암송하는 아이 목소리가 제일 먼저 들리고, 안방에서 큰 소리로 책을 읽는 남편 목소리가 이어진다. 그다음 휴대폰에 녹음하느라 높아진 내 목소리가 울려댄다. 얼핏 보면 참 신기한 풍경이긴 하다.

아침부터 신나게 소리를 지르고 나면 절로 에너지가 생긴다. 게다가 스트레스가 왕창 쌓였을 때도 은근히 효과가 있으니 꼭 시도해보기 바란다. 책도 읽고 낭독도 하고, 스트레스까지 해소되니 그야말로 1석 3조인 셈이다.

23. 공감하기

정혜신 박사의 『당신이 옳다』는 '나'와 '당신' 그리고 '공감'에 관한 이야기다.

우리 모두는 '나'라는 개별성을 가지고 있지만 사회의 집단성에 묻혀 존재가 희미해지는 경우가 많다. 나만 하더라도 글을 쓰는 순간에는 작가라는 고유성을 가지지만 밖에 나가면 그저 아줌마, 학부모, 여성이라는 집단으로 분류된다. 집단적 시선으로 보면 무엇 하나 특별할 것 없는 '그들 중 한 사람'인 것이다.

이런 집단적 시선은 개개인의 개별성을 잃게 하기에 상당히 위험하다고 할 수 있다. 개별성을 잃는다는 것, 혹은 고유성을 존중받지 못한다는 것은 경우에 따라 생존의 문제이기 때문이다.

한 개인이 자신만의 특성을 잃었을 때 어떤 일이 벌어

질까? 대부분 자신의 존재 증명을 위해 부단히 애를 쓰게 된다. 가끔은 애처로울 정도의 몸부림으로, 또 가끔은 비이성적인 폭력으로 뒤틀린 마음을 드러낸다. 그 모두가 자신의 정체성을 되찾고자 하는 일종의 투쟁이자 생존 본능인 것이다.

그러니 개별성에 집중하는 것이야말로 공감의 첫 시작이라 할 수 있다. 공감이란 한 사람의 특별함을 대면하고 이해하려 노력하는 일이다. 흔히 사람들은 내가 타인과 같은 감정을 느끼는 것이 '공감'이라고 생각한다. 하지만 이 책의 저자는 말한다. 반드시 같은 감정을 느낄 필요는 없다고. 그저 내가 나를 잃지 않도록 노력하며 타인의 마음에 가닿기만 하면 된다고. 나의 감정도 옳고, 당신의 감정도 옳다는 걸 인정하면 되는 거라고.

예전의 나는 대화의 대부분을 '가치판단'에 할애했다. 무엇이 옳고 그른지, 무엇이 중요하고 또 그렇지 않은지, 그렇게 내 판단으로 선명해진 이야기들을 하는 것이야말로 의미 있는 일이라고 믿었다. 그런데 어느 순간부터 내 이야기에서 가치판단의 비중이 줄었다. 우리 아이가 무슨 이야기를 하면, "그래, 그럴 수 있어!" "그랬구나." "엄마도 그래."라는 말을 많이 한다.

공감은 그리 어렵거나 힘든 일이 아니다. 그저 대상의 개별성에 집중한 채 귀를 기울이기만 하면 된다. 또한 내 감정이 옳듯 상대의 감정도 옳다는 걸 전제로, 상대의 특성이 선명해지도록 도와주면 되는 것이다.

나는 우리의 공감이 사회를 보다 나은 방향으로 전진시키리라 믿는다. 그러기 위해 우리 모두 개개인의 특별함을 인식하면 좋겠다. 나도 특별하고, 당신도 특별하니까.

24. 생각의 근육

초등학교 2학년이 되자 아이는 친구 문제를 비롯한 다양한 고민들로 힘들어했다. 나는 그럴 때마다 위로와 조언을 주었지만 본질적으로는 아이 스스로 생각의 근육을 키우는 게 최선이지 않을까라는 의문이 들었다. 그쯤부터 우리는 매일 한 챕터씩 논어를 읽기 시작했다.

『어린이와 청소년을 위한 논어』라는 책은 그 제목답게 이해하기 쉬웠다.

물론 철학책을 처음 읽다 보니 아이가 선뜻 이해하지 못하는 경우도 많았다. 그래도 우리는 인내심을 발휘해 가능한 한 매일매일 읽고 생각을 나누었다. 후반부로 갈수록 아이도 깨우치는 바가 많았던지, 어느 날은 공자님처럼 본인도 군자가 되어야겠다고 말했다. 그러곤 내게 진지하게 물었다.

"엄마는 군자야?"

아이에게 거짓말을 할 순 없어서 사실대로 대답했다.

"소인이야……."

아이가 내 어깨를 토닥이며 위로했다.

"엄마, 괜찮아. 나도 소인인걸. 지금은 소인이지만 우리도 언젠가 군자가 될 수 있겠지?"

또 어느 날은 애공의 물음에 대한 공자의 대답을 읽고, 내가 무릎을 탁 쳤다.

"어떻게 해야 백성이 잘 따르겠소?"

"곧은 사람을 들여 쓰고 굽은 사람을 버리면 백성이 따를 것입니다. 하지만 굽은 사람을 들여 쓰고 곧은 사람을 버리면 백성이 따르지 않을 것입니다."

당시 정치인들에 대해 가졌던 나의 답답함이 절로 터져 나왔다. 멍하니 듣고 있던 아이가 한마디 했다.

"내가 커서 정치인이 되어야겠어. 난 굽은 사람은 멀리하고, 곧은 사람만 쏙쏙 뽑을 텐데."

그런가 하면 마음에 들지 않는 친구 때문에 속앓이하던 아이에게 크게 도움이 된 대목도 있었다.

"세 사람이 길을 가면 반드시 내 스승이 있다. 그중 잘난 사람에게서는 좋은 점을 골라 따르고, 못난 사람에게

서는 좋지 못한 점을 가려 자신을 고친다."

평소 나는 아이에게 수없이 '반면교사'의 중요성을 강조했었다. 그런데 그때는 전혀 귀담아듣질 않더니, 이 대목을 읽고는 아이가 금세 수긍을 해버리는 게 아닌가? 나로선 좀 허탈했지만, 그 후 아이는 마음에 들지 않는 친구의 단점을 닮지 않으려 스스로 노력했다.

물론 논어를 읽는다고 아이가 금세 달라지거나 하진 않는다. 다만, 인간에 대한 이해가 깊어지고 본인의 생각과 태도를 스스로 되돌아보는 기회는 얻을 수 있다. 그것만으로도 큰 수확이라 믿는다.

1회독을 끝낸 다음 우리는 2회독에 도전했다. 2회독부터는 아이가 익숙해져서 그런지 자신의 경험과 생각을 이야기하는 횟수가 늘었다. 또한 공자의 가르침을 우리 삶에 어떻게 적용할지 나름 고심하는 눈치였다.

고전 읽기에 관한 무수한 책들이 쏟아져 나오고 있다. 어떤 책을 어떻게 읽어야 하는지, 어떤 책들이 아이 인성에 도움이 되는지, 어떤 순서대로 읽어야 하는지, 그 책을 읽고 깨달아야 할 것들은 무엇인지를 꼼꼼히 알려준다.

하지만 늘 그렇듯 가장 중요한 건 실제로 고전을 읽는 일이다. 글쓰기 책을 읽기만 할 뿐 정작 글쓰기를 하지 않으면 무용지물이듯 고전 읽기도 마찬가지다. 일단 책을 펼치고 한 문장 한 문장 읽어보자! 바로 이해되지 않더라도 참된 지혜가 우리 안에 쌓인다는 건 자명한 사실이니 결과에 연연해할 필요는 없다. 수천 년 이어진 성인의 가르침을 시공간을 뛰어넘어 접할 수 있다는 것만으로도 큰 행운이지 않은가!

25. 선물을 고르다 보면

현란한 색깔들이 팬시점 안을 어지럽게 밝히고 있었다. 말간 얼굴을 드러낸 캐릭터 상품들을 들었다 놓으며 내 머릿속은 분주했다.

'그녀가 이걸 좋아할까? 유치하다고 생각하면 어쩌지?'

줄 선 상품들을 하나하나 더듬어보고도 성에 차지 않는다는 얼굴로 나는 쩝쩝 입맛을 다셨다.

'그녀에겐 더 근사한 게 어울려!'

반대편 선반을 다 훑고도 마음에 드는 걸 발견하지 못해 입술이 뽀로통 밀려 나왔다. 원래 자리로 돌아온 순간, 문득 이런 생각이 들었다.

'누군가를 생각하며 선물을 고르다 보면 어느새 상대가 더 좋아지는구나.'

그 생각 끝에 툭 걸린 얼굴 하나가 있었다.

그는 특유의 '무뚝뚝함'으로 기대감을 말끔히 지워버리는 사람이었다.

오래전, 약속 장소에 도착해 자리에 앉자마자 그가 투박한 손으로 뭔가를 쓱 내밀었다.

"이게 뭐야?"

"선물!"

어색함을 감추지 못하고 그가 눈알을 뱅그르르 돌렸다.

"네가 웬일이야?"

놀랍다는 듯 나는 가만히 그의 얼굴을 들여다봤다.

"그냥 주고 싶어서."

스티커로 봉해진 종이 입구를 살포시 당겨 열었다. 커피숍 불빛 아래 귀여운 캐릭터가 모습을 드러내자 내 입에서 슬쩍 웃음이 새어 나왔다.

"브로치네?"

"응."

브로치를 손바닥에 올리자마자 가슴이 팔랑팔랑 춤을 추기 시작했다. 우리를 에워싼 공기가 데워지더니 커피숍에 울려 퍼지는 음악도 감미로워졌고, 조명 아래 앉은 그도 근사해 보였다. 작은 브로치에 매료된 것이 아니라, '그가 내게 주었다'라는 사실 하나에 나는 마냥 들떠 있었다.

그런데 그 순간 알 수 없는 심통이 방해꾼처럼 휙 끼어들었다. 나는 떼쟁이 아이 같은 얼굴을 하고선 보란 듯이 내 귀와 목, 손을 차례대로 가리켰다.

"나 장신구 안 하는 거 몰라?"

난감한 빛이 그의 얼굴을 스쳤다.

"아…… 그래? 몰랐어……."

"나한테 관심 좀 기울여. 늘 그렇게 무뚝뚝하게 대하지 말고."

얄밉게 톡 쏘아붙이고 나는 브로치를 주머니에 밀어 넣었다. 그러곤 집으로 가는 내내 주머니에 손을 찔러 넣고 바스락거리는 종이봉투를 쓰다듬었다.

다음번에 그가 브로치에 관해 조심스레 물었을 때, 나는 또 한 번 철없는 아이가 되어 얄밉게 말했다.

"난 어차피 장신구 안 하니까, 친구 줬지 뭐! 그 친구가 아주 좋아하더라."

"너 주려고 산 건데……."

말끝에 묻은 아쉬움을 애써 외면해버리고 나는 그의 무뚝뚝함을 지적하기 바빴다.

그녀를 위해 선물을 고르는 동안, 내 손끝에 그에 대한 미안함이 달라붙었다. 브로치를 고르느라 그는 어깨를 동그랗게 말고 허리를 굽혔을 것이다…… 엇비슷한 모양들 속에서 하나를 고르느라 들었다 놨다를 반복하다, 문득 내 얼굴을 떠올리고 하나를 선택했겠지…… 그러곤 내가 선물을 받아들고 배시시 웃는 모습을 상상하며 약속 장소로 달려오지 않았을까?

마침내 나는 그녀를 위한 선물 하나를 골라 들었다. 목을 빼고 고르느라 어깨가 묵직하게 아려왔지만, 그녀가 생긋 웃는 모습을 상상하자 통증은 어느새 기분 좋은 감각으로 변해 있었다.

그때는 몰랐다.

누군가를 생각하며 선물을 고르다 보면 어느새 상대가 더 좋아진다는 사실을.

26. 호연지기

　맹자, 하면 아들의 공부를 위해 세 번이나 이사를 다닌 어머니의 정성, 즉 '맹모삼천지교'가 떠오른다. 비슷한 뜻으로 '맹모단기孟母斷機'라는 말도 있다. 맹자가 공부를 중도 포기하고 돌아오자 어머니가 공들여 짜던 천을 끊어버렸다는 이야기에서 나온 말이다. 이 두 고사성어 때문에 맹자, 하면 공부만 열심히 한 학자 이미지가 강하다. 하지만 실상 그는 강직한 대장부에 가까운 사람이었다.

　『맹자』를 함께 읽을 당시 우리 아이는 3학년이어서 책에 나오는 용어와 시대 상황, 인물에 대해 이해하는 걸 좀 어려워했다. 그래서 전국시대는 어땠는지, 봉건제는 무엇인지 하나하나 설명해주었다.

　책의 내용 중 아이가 가장 흥미로워한 대목은 '성선설'이었다. 사람은 태어날 때부터 착한가, 악한가, 혹은 정해져 있지 않은가? 하는 질문에 아이 대답은 착하다는 것이었다. 이유를 물으니 아기 중에 나쁜 아기는 없기 때문이라고 했다.

나는 '성무선악설性無善惡說'을 믿는 편이다. 로크의 주장처럼 태어났을 당시에는 모두가 백지상태인 것만 같다. 또한 많은 철학자들의 주장처럼 인간은 환경이나 경험에 의해서 얼마든지 선해질 수도, 악해질 수도 있지 않을까?

맹자의 핵심 사상 가운데 하나는 바로 '호연지기'다. 천지 사이에 꽉 차 있는 호연지기는 '의'를 계속 쌓으면 얻을 수 있는 기운이다.

하루는 호연지기를 이해한 아이가 물었다.

"엄마, 늘 정의롭기는 어렵지 않아?"

"응. 그렇지."

"군자가 되려면 정의로운 일을 해야 하고, 정의로운 일을 계속하면 호연지기가 쌓인다는 거지?"

이해한 바를 깔끔하게 정리하는 모습을 보며 나는 내심 흐뭇했다.

며칠 후, 아이가 흥분한 얼굴로 학교에서 돌아왔다.

"엄마, 나 오늘 호연지기 쌓았어."

순간 무슨 뜬금없는 이야기인가 싶었다.

"오늘 쉬는 시간에 내 자리에서 ○○이가 가져온 레고 프렌즈를 함께 가지고 놀았거든. 그런데 거기에 화장품처럼 생긴 게 있었는데 너무 예뻐서 갖고 싶더라고. 좀 있다 수업이 시작돼서 ○○이가 자리로 돌아갔거든. 근데 바닥을 보니까 그 화장품 피스가 떨어져 있는 거야. 선생님 설명을 듣느라 일단 내 주머니에 넣었어. 근데 갑자기 심장이 벌렁벌렁하는 거야. 그때 맹자님이 말한 호연지기가 번쩍 떠올랐어. 정의로운 일을 계속해야 호연지기가 쌓인다고 했잖아. 그래서 ○○이한테 바로 돌려줬더니 ○○이가 그걸 받고 나한테 고맙다고 하는 거야. 아! 돌려주길 정말 잘했다, 이런 생각이 들더라고. 어때? 나 호연지기 쌓은 거 맞지?"

짧은 순간 아이가 얼마나 고민했을지를 가늠해보자 웃음이 터져 나왔다. 나는 그길로 마트에 가서 아이의 친구 것과 똑같은 레고프렌즈 하나를 사줬다.

"이건 네가 정의로운 일을 해서 호연지기를 쌓은 데 대한 선물이야. 다음번에 친구 물건이 또 갖고 싶어져도 이번처럼 꼭 돌려줄 거지?"

"그럼. 난 호연지기를 계속 쌓아서 군자가 될 거야."

아이가 고개를 끄덕이며 대답했다.

27. 나를 만족시키는 것

저녁 산책길, 슬쩍 내려앉은 아이의 입꼬리를 쳐다보며 내가 물었다.

"오늘 하루 어땠어?"

"만족스럽지 않았어……."

기운 없는 목소리로 아이가 우물거렸다.

"왜?"

"책이랑 웹 소설 읽느라 오늘 계획했던 공부를 다 못 했거든……."

"그럼 내일 하면 되지."

고작 그런 이유냐는 듯 내가 손사래를 쳤다.

"벌써 몇 주째 계속 미루고만 있는 기분이야. 그래서 만족감도 거의 없고……."

"그래도 천만다행이지 않아?"

슬쩍 웃음을 매달고 내가 말하자 아이 눈이 커다래졌다.

"뭐가 다행인데?"

"문제를 알고 있다는 건 정답도 네 속에 있다는 뜻이잖아. 그러니까 어떻게 해야 하는지 넌 이미 알고 있는 것 같은데?"

내 말에 아이가 천천히 고개를 끄덕였다.

한참 후, 집에 돌아와 우린 『맹자』를 펼쳐 들었다.

대영지가 물었다.

"10분의 1을 내는 토지세와 관문의 통행세, 시장의 자릿세 등을 지금 당장 폐지하지는 못하겠으나, 내년 이후에는 세금을 감면하려고 하는데 어떻겠습니까?"

맹자가 대답했다.

"지금 날마다 이웃집 닭을 훔치는 사람이 있다. 어떤 사람이 그에게 말하기를 '그것은 군자의 길이 아니다'라고 하자, 그는 '그렇다면 숫자를 줄여서 한 달에 한 마리를 훔치다가 내년 이후에는 그만두겠소'라고 했다. 의가 아님을 알았다면 바로 그만두어야지 어찌 내년을 기다리리오."(「등문공 하」)

다음 날부터 아이는 6시 알람 소리에 벌떡 일어나 전날 계획해둔 공부를 하나씩 해나갔다. 그러다 아침을 먹고 나머지 분량을 다 끝내고 나면 개운한 얼굴로 웃곤 했다. 덕분에 오후 시간에는 책과 웹 소설을 원하는 만큼 실컷 읽을 수 있었고, 밤 산책을 나서는 발걸음도 한결 가벼워졌다.

"오늘 하루 어땠어?"

생기 넘치는 아이 얼굴을 들여다보며 내가 물었다.

"참 좋았어."

"어떤 점이 좋았는데?"

"더 이상 미루지 않고 오늘 분량을 말끔히 해냈거든. 6시에 일어나서 오전에 다 하겠다고 다짐하지 않았다면 여전히 내일, 다음 주, 다음 달…… 이렇게 미루고 있을지도 몰라."

스스로가 대견하다는 듯 아이 목소리가 맑게 울렸다.

"그래, 맹자님이 말한 옳음과 옳지 못함은 네 행동처럼 아주 명확하지. 적당히 옳은 것과 적당히 옳지 못한 건 없으니까. 문제점을 인식하고 개선하는 건 그야말로 명쾌한 '옳음'인 거야. 너 참 멋지다!"

내 말에 아이가 생긋 웃자 나도 따라 웃었다.

"엄마는 오늘 하루 어땠어?"

"좋았어."

"왜?"

"나를 만족시키는 건 아주 소박한 두 가지란 걸 깨달았 거든."

"그게 뭔데?"

"내일 쓸 글과 내일 읽을 책! 그 두 가지만 있으면 오늘 하루가 아주 만족스러워."

앤 라모트는 자신의 책 『글쓰기 잘쓰기』에서 E. L. 닥터 로가 한 말을 소개한다.

"소설 쓰는 것은 밤에 자동차를 운전하는 것과 같다. 당 신은 차의 헤드라이트가 비춰주는 데까지만 볼 수 있을 뿐이다. 그런 식으로 목적지까지 갈 수 있다."

당신이 가려고 하는 곳을 볼 필요는 없다. 목적지를 볼 필요도 없으며 가는 동안에 지나치는 것을 모두 다 볼 필 요도 없다. 단지 당신 앞의 2~3피트 정도 앞만 보면 된 다. 바로 이것이 글쓰기에 대해서, 아니 어쩌면 인생에 대 해서도 내가 들은 얘기 가운데 가장 값진 충고일 것이다.

나는 매일 동화 한 챕터를 쓰고, 정해진 분량의 책을 읽는다. 밤 운전에서 헤드라이트가 비추는 딱 그만큼만 안전하게 이동하는 셈이다. 사방이 어두워 목적지가 보이지 않지만 안달하거나 불안해하지 않는다. 그저 '매일의 안전한 이동'이 쌓이면 결국 목적지에 도달할 것이라 믿기 때문이다. 많이도 말고, 적게도 말고, 딱 오늘 분량만! 딱 헤드라이트가 비추는 곳까지만 이동하면 하루가 만족스럽다!

오늘 밤 산책에서도 우린 서로의 하루를 물어볼 것이다. 그리고 하루가 만족스러웠다 말하며 경쾌하게 걸을 것이다. 그건 다음 날도 6시에 일어나 공부를 할 거라는 믿음과, 내일 쓸 글과 읽을 책이 있다는 설렘 덕분이지 않을까?

28. 뻔한 이야기

"여러분! 몇 달 동안 중국어 배우느라 수고 많았어요. 지난번 약속한 대로 다 함께 HSK 시험에 도전해봐야죠!"

눈을 반짝이며 중국어 선생님이 말했다. 사람들의 시선이 일제히 바닥으로 내려앉았다.

"어머머! 다들 약속하셨잖아요!"

실망스럽다는 목소리가 교실에 퍼져가는 동안 나는 몸을 돌려 사람들의 머리꼭지를 훑었다. 평소 "HSK 시험 그까짓 거, 쳐보지 뭐!"라며 호기롭게 말하던 사람들이 웬일인지 입술만 달싹이고 있었다. 뾰로통한 표정이 선생님 얼굴에 선명하게 새겨질수록 사람들 고개가 아래로 단단히 당겨졌다.

그때 책에서 본 문장이 머릿속에 번쩍 떠올랐다.

'일단 시도하라!'

"아무도 시험 안 치실 거예요?"

힐난 섞인 말을 뱉으며 선생님이 눈알을 굴렸다. 그러는 동안 사람들은 약속이라도 한듯 서로 눈을 맞추고 애매하게 웃었다.

"저…… 저…… 저요!"

갑자기 내 손이 번쩍 떠올랐다.

"우와! 드디어 한 분 나왔네요!"

그제야 안심이라는 듯 선생님이 활짝 웃었다. 그 순간 깨달았다. 책에서 읽은 내용을 실행하지 않으면 아무 소용이 없다는 걸!

한여름, 경희대학교 강의실에서 HSK 3급 시험을 쳤다. 초등학생과 중학생들 사이에 어른은 나 혼자였다. 강의실 입구에서 엄마들이 아이들을 향해 주의를 주고 손을 흔들 때 나는 낯선 긴장감에 손끝을 주물러댔다.

연신 소음을 뱉어내는 에어컨 때문에 듣기평가에서 고전하긴 했지만 시험은 그리 어렵지 않았다. 답안지를 제출하고 강의실을 빠져나오자 그제야 기다란 복도가 눈에 들어왔다. 삶을 변화시키기 위해 책을 읽었던 시간만큼이나 아득해 보였다. '일단 시도하라!' 이 말이 아니었다면 나는 HSK 3급 통과라는 결과를 얻을 수 없었을 것이다.

변하지 않는 사람들은 책을 읽은 후 종종 이렇게 말한다.

"다 뻔한 이야기야! 이미 다 알고 있다고!"

자기계발서를 꽤나 많이 읽은 누군가가 시니컬하게 말했다.

"내가 수십 권 읽어봤는데, 자기계발서는 한마디로 하나 마나 한 뻔한 이야기만 하는 책이야! 그러니 읽을 필요 없어!"

다소 식상한 이야기들이 많다는 대목에는 동의하지만 모든 사람들에게 무익하다 단정 짓는 데엔 절로 고개를 갸우뚱하게 된다. 나만 하더라도 지인들과 함께 읽은 책 이야기를 하면 생각하는 바가 다른 건 물론이고, 인상 깊었던 대목 또한 일치하지 않는 경우가 많기 때문이다.

최성락 교수의 『나는 자기계발서를 읽고 벤츠를 샀다』 라는 책은 자기계발서 중에서도 꽤 유명한 책이다. 제목만 보고선 다들 또 뻔한 이야기일 거라고 생각하겠지만, 실상은 기존 자기계발서들과는 접근법이 완전히 다르다.

저자는 자기계발서들이 공통적으로 강조하는 다섯 가지를 발견했다고 한다. 첫째, 목표를 정하라. 둘째, 긍정적 사고방식을 가져라. 셋째, 실패해도 계속 시도하라. 넷째, 꿈을 구체화해라. 다섯째, 꿈을 종이에 적어라.

보통 대부분 사람들은 이 공통적인 말들을 자기계발서에서 읽곤 '그럴 줄 알았다'며 책을 덮는다. 하지만 저자는 이 공통점들을 꾸준히, 끈기 있게 실천해보았단다. 중요한 점은 벤츠의 모델을 고르고, 필요한 금액을 계산하고, 부가적인 수입을 계획하는 등의 현실성을 가지고 접근했다는 것이다. 그는 결국 벤츠를 구입했고, 두 번째 목표였던 타워팰리스에서 거주하는 꿈도 이루었다.

　많은 사람들이 다 알고 있는 그 뻔한 이야기를 누군가는 실천하고, 누군가는 아는 것에서 딱 멈춘다. 독서의 궁극적인 목적은 실천이란 걸 잊지 말자. 비단 자기계발서뿐만 아니라 어떤 책이라도 읽고 감흥을 얻었다면 우리 생활에 적용해보는 노력이 필요하다. 그럼 크든 작든 변화를 기대할 수 있고, 그 변화는 또 다른 변화로 이어진다.

　인문 고전 읽기의 중요성을 설파한 책들을 읽고 나는 아이와 『논어』 읽기를 시작했다. 저널 쓰기에 관한 책을 읽고 저널을 쓰고, 감사일기의 효과를 말한 책을 읽고 감사일기를 썼다. 메모의 효용에 관한 책들을 읽고 메모를, 낭독 책을 읽고 낭독을 시작했다. 부모 교육서를 읽고 아이를 바라보는 시각을 바꾸었고, 꿈을 시각화하라는 내용의 책을 읽고 생생한 사진들을 보드판에 빼곡히 붙였다.

자기계발서의 뻔한 조언 하나가 내 삶의 방향을 바꿀지 누가 알겠는가? 그러니 아는 것에서 멈추지 말고 실천해 보자. 그럼 한두 개쯤 내게 꼭 맞는 무언가를 발견할 수 있을 것이다.

29. 나무에 오르지 못하는 물고기

나는 어릴 때부터 딱히 잘하는 게 없었다. 공부는 중간 정도였고, 운동은 아예 못했다. 특출난 재능도 없어 장차 뭘 하며 살아야 할지 심각하게 고민하는 일이 많았다. 단순한 아르바이트를 하다가도 며칠 만에 잘리기 일쑤였고, 툭하면 사장님한테서 "넌 일머리가 없구나!"라는 말을 들었다.

뭔가를 좋아하거나 푹 빠져본 기억도 없어 진지하게 몰입하는 사람을 가장 부러워했다.

심리학자이자 사회학자인 데이비드 니븐의 『나는 왜 똑같은 생각만 할까』에 아인슈타인 이야기가 나온다.

그는 노벨상을 받고 물리학자 닐스 보어를 만나기 위해 코펜하겐으로 갔다. 코펜하겐 기차역에서 조우한 두 사람은 보어의 집으로 이동하기 위해 시내 전차를 탔다. 앉자마자 둘의 공통 관심사인 양자역학에 관한 대화가 시작되었다. 얼마나 흥미진진했던지 보어가 문득 정신을 차리고 보니 전차가 종착역에 와 있었다. 할 수 없이 둘은 반대 방향으로 가서 전차를 옮겨 탔다. 이번에도 앉자마자 양자역학 이야기에 푹 빠졌고, 정신을 차렸을 때는 다시 코펜하겐 기차역이었다. 보어는 남들이 어떻게 생각할지 신경이 쓰여 부끄러워졌다. 그런데 옆을 보니 아인슈타인은 전혀 개의치 않는 얼굴이었다. 사실 아인슈타인은 이론뿐만 아니라 실제 삶에 있어서도 남들의 인정을 기대하지 않는 성격이었다.

그는 본인의 성격을 이렇게 표현했다.

"나는 홀로 마차를 끄는 말이라서 여럿이 어울려 일하는 데는 적합하지 않다."

그는 그런 성격을 약점이라고 생각하지 않았다. 오히려 경우에 따라서는 일부러 고립을 즐기기도 했다. 그러면서 그는 이렇게 말했다.

"관습과 의견과 타인의 편견으로부터 자유로워짐으로써, 그런 불안정한 토대에서 정신의 평화를 구하지 않음으로써, 충분한 보상을 받았다."

이쯤 되면 세기의 천재 아인슈타인은 아주 콧대가 높아서 타인을 무시하지 않았을까 궁금해진다. 그런데 그의 말은 참 놀랍다.

"모든 사람은 천재다. 하지만 당신이 나무에 기어오르는 능력을 기준으로 물고기를 판단한다면, 그 물고기는 평생 자기가 어리석다고 생각하며 살게 될 것이다."

실제로 그는 우월감이 없었던 것은 물론, 사람들이 스스로를 과소평가하며 산다고 생각했다.

이 대목을 읽는데, 가슴이 뜨끔해졌다. 혹시 나무에 오르지 못하는 물고기라며 나를 과소평가하고 비난한 적은 없던가? 우리는 왜 비교 속에서 허우적대며 자신의 천재성은 무시할까?

'나'라는 '물고기'가 나무를 오르길 기대하는 대신, 강물에서 자유롭게 수영하도록 놓아주면 될 것을.

'모든 사람은 천재다!' 당신도! 나도!

30. 이야기의 힘

하루 종일 책을 읽고도 아이는 잠들기 전에 이야기가 듣고 싶다고 했다. 가끔은 수면 등을 켜두고 책을 읽어주기도 했지만, 대부분은 그마저 귀찮아서 내가 마음대로 이야기를 지어 들려주곤 했다.

그나마 어릴 때는 웃음 코드가 '똥' '방귀' '코딱지' 등에 맞춰져서 이야기 짓기도 수월했었다. 그런데 커갈수록 유치한 이야기는 제외하라, 주인공에게 시련을 주지 마라, 무서운 이야기는 짧게 하라는 등의 까다로운 주문이 이어졌다.

아이가 3학년쯤 되자 모험 이야기 주문이 쇄도하기 시작했다. 그래서 일명 '레베카' 이야기를 며칠 동안 이어갔었다. 레베카는 내가 만들어낸 주인공으로 용감하고, 호기심이 많은 소녀다. 레베카가 가족을 찾으러 본격적으로 길을 나선 판타지 이야기였는데, 나중에는 그야말로 산으로 간 이야기를 데려오느라 진땀을 빼고 말았다. 잘 기억은 나지 않지만, 결국엔 쌍둥이 여동생 라베카를 만났고, 둘이 모험을 떠나버렸던 것 같다.

처음에 나는 레베카가 가족과 함께 행복하게 살았다는 식의 해피엔딩을 계획했었다. 그러나 이야기가 오래 이어질수록 너무 복잡하고 인물도 많아져서 당최 마무리를 생각할 수 없게 되었다. 할 수 없이 열린 결말로 남겨두고 내가 도망을 나와버리고 말았다.

「신밧드의 모험」, 「알리바바와 40인의 도적」, 「알라딘」 등의 이야기가 등장한 『천일야화』 혹은 『아라비안나이트』를 잘 알 것이다. 페르시아 왕 샤리아가 왕비에 대한 불신으로 매일 한 명씩의 새 왕비를 맞이했다가 다음 날이면 어김없이 사형에 처한 이야기 말이다.

재상의 딸이었던 셰에라자드가 목숨을 건질 수 있었던 이유는 다름 아닌 이야기였다. 다음이 궁금해서 도저히 죽일 수 없는 이야기들이 매일 밤 이어진다고 상상해보자. 그것이 바로 이야기의 힘이 아닐까?

아이들에게 지속적으로 이야기를 들려주다 보면, 어느 순간 아이들은 스스로 이야기를 짓는 주체자가 되고자 한다. 머릿속에 떠오르는 이야기를 쓰고 싶은 욕구가 생기는 것이다. 이럴 때 아이의 이야기에 호응해주고, 이야기를 지을 만한 시간적 여유를 주어야 한다. 어른의 것보다 더 기발한 이야기들이 아이들 속에서 툭툭 튀어나올지 모르기 때문이다.

우리 아이가 4학년 때 지은 이야기가 있다. 농장에서 털이 뽑히는 동물들의 딱한 사정을 해결해주고자 지은 동화였다. 인간의 이기심 때문에 동물들이 학대를 받는 것이니 동물 털 대신 잔디로 옷을 만드는 것으로 이야기를 끝맺었다. 나는 아이가 지은 이야기에 푹 빠졌다가 '잔디 옷'이라는 기발한 아이디어에 절로 박수를 쳤다.

아이들의 상상력과 이야기에 대한 호기심은 무한하다. 그 가능성이 발현될 수 있도록 뒹굴뒹굴 상상하는 시간이 많아지면 참 좋겠다. 그럼 누구나 더 풍성한 이야기 세상 속에서 살 수 있을 것 같다.

31. 아기가 누운 자리*

으엥으엥…… 으엥…… 으…… 엥.

간밤에 태어난 아기 울음소리가 드문드문 방문 창호지를 넘어 새어 나왔다. 기진맥진한 어머니를 위해 내가 해줄 거라곤 거의 없었다. 따뜻한 물 한 사발을 가져다주고 눈치껏 마루에 걸터앉았다. 그러곤 마음속으로 아기 울음소리가 계속 이어지길 속으로 빌고 또 빌었다.

나뭇가지로 마당을 파대던 여동생은 어머니 품이 그리워 자꾸만 안방을 기웃거렸다. 그럴 때마다 나는 엄한 문지기처럼 작은 머리통에 알밤 한 대를 먹이곤 했다. 아픈건지 서러운 건지 분간도 어려운 여동생은 콧물까지 쏙 빼며 울어댔다.

난리통에 사라진 아버지 대신 가장 역할을 해내기에 나는 작고 보잘것없는 일곱 살이었다. 며칠 배를 곯고도 어디 가서 식량을 구해올 엄두조차 내지 못하고, 그저 아버지가 돌아오기만 목을 빼고 기다렸다.

이튿날, 아기 울음소리는 더 가늘어졌다. 먹은 게 물뿐인 어머니는 아기에게 빈 젖도 물리지 않는 눈치였다.

'물이라도 먹여야 하지 않나, 저러다 잘못되기라도 하면……'

나는 이러지도 저러지도 못하고 애먼 손톱만 물어뜯었다.

한참 후, 문틈으로 살피니 어머니가 잠든 것 같았다. 살금살금 기어가 끄억끄억 울음 끝을 흘리는 아기를 안아 올렸다.

"그냥 내버려 둬!"

어머니 목소리가 이렇게 차가웠던가, 서슬 퍼런 동장군이라도 지나간 양 마음 끝이 시렸다.

"아기가 배가 고픈가 봐요……"

"그러니까 그냥 두라고!"

또 한 번 쌩, 어머니 목소리에 찬바람이 스쳤다. 할 수 없이 아기를 내려놓았다. 울음도 더 이상 이어갈 수 없다는 듯 아기 소리는 희미해져갔다.

다음 날도 그다음 날도, 어머니는 아기에게 젖을 물리지 않았다.

"성일아……."

어머니의 힘 잃은 목소리가 들려왔다. 올 게 왔구나 싶어 심장이 덜컥 내려앉았다.

"네……."

"뒷산에 가서 아기 좀 묻고 와야겠다……."

"네?"

무슨 말이냐는 듯 말끝을 올렸지만, 사실 나는 알고 있었다. 울음소리가 사라진 지 오래라 모를 리 없었다. 아기를 천 조각에 돌돌 싸서 지게에 올렸다. 울지 않으려 입술을 야무지게 깨물고선 천천히 걸음을 옮겨 문을 나섰다.

그때 내 등을 잡아채는 소리가 들렸다. 가슴에 슬픔이 쌓이고 쌓이면 저런 소리가 될까 싶은 묘한 소리였다. 그간 참아온 어머니의 고통이 숨죽여 누른 소리에 녹아들어 있었다. 발길을 돌리는데, 내 눈에서 눈물이 사정없이 떨어졌다. 마당 한구석에서 나뭇가지로 땅을 파던 여동생 눈에도 어느새 눈물이 그렁그렁했다.

나는 뒷산 꼭대기까지 쉬지 않고 올라갔다. 햇볕이 풍요롭게 쏟아지는 자리에 지게를 내려놓고, 두 손으로 땅을 파기 시작했다. 태어나서 물 한 모금 목구멍으로 삼켜보지 못한 여동생에게 미안하고 또 미안했다. 땅을 파는 일이 내가 짊어진 천형인 듯 그렇게 정신없이 흙을 파냈다. 조심스레 아기를 묻고 그 누운 자리에 들꽃 한 송이를 무심히 놓았다. 햇살가루를 맞은 꽃 한 송이가 너무 예뻐서 절로 목이 메었다.

산에서 내려다본 마을은 아무 일 없다는 듯 한없이 평온했다. 나는 작은 무덤을 멍하니 쳐다보며 코를 훌쩍였다. 그럴수록 진한 슬픔의 말이 연신 굴러 나왔다.

"미안해…… 미안해……."

* 동화작가이기도 한 저자가 자신의 시아버지 이야기를 모티브로 쓴 짧은 동화.

결핍 채우기

*

코이는 어디다 놓아 기르느냐에 따라 크기가 달라지는 물고기다.
작은 어항에 두면 고작 5~8센티밖에 자라지 않는데,
연못으로 옮기면 20센티 이상 자랄 수 있다.
게다가 코이를 강물에 놓아주면 최대 120센티,
그러니까 초등학생 저학년 키만큼 자란다고 한다.
우리의 생각도 코이처럼 얼마든지 키울 수 있다.

32. 에곤 실레와 글쓰기

에곤 실레의 드로잉을 처음 보았을 때 마음에 들어차는 찜찜함을 지우기 힘들었다. 기괴한 포즈와 몽환적인 표정, 거기에 노출증 환자처럼 드러낸 주요 부위까지! 예술에 문외한인 내 눈엔 그저 성을 향한 한 남자의 음습한 집착쯤으로 여겨졌고, 그 때문에 어떤 감동도 설렘도 찾을 수 없었다.

그런데 조원재의 『방구석 미술관』을 읽다가 강렬하게 그를 이해하고 싶어졌다. 많은 이들이 뒤틀린 욕망이라 믿었던 것이 사실은 '용기'였다고, 욕망을 드러내는 것보다 용기를 끌어모으는 일이 훨씬 더 어려운 일이라고, 그에게 말해주고 싶었다.

어린 실레는 역장으로 일했던 아버지를 좋아했다. 어릴 적 그가 그린 그림들이 기차나 철로 등 아버지의 직업과 관련된 것만 봐도 아버지를 향한 그의 애정을 짐작할 수 있다. 평범하고 행복해 보이던 실레 가족이 불행해진 것은 아버지의 매독 때문이었다. 성병인 매독이 어머니에게 전염되었고, 그로 인해 아기를 사산한 건 물론 실레의 누나 엘비라마저 고작 열 살에 선천성 매독으로 사망하고 말았다. 이후 매독 증상이 심각해진 아버지는 직장을 잃고 방황하다가 주식과 채권을 모두 태워버려 경제적 어려움을 가져왔다. 얼마 지나지 않아 아버지가 고통스럽게 사망했을 때 어머니는 그간 쌓아온 증오심 때문인지 그리 슬퍼하지 않았고, 그 모습에 실망한 실레는 평생 어머니를 증오하며 살아갔다.

실레에게 성性이란 매독이자 두려움, 죽음이었다. 본인의 의지와는 무관하게 천형처럼 성에 대한 트라우마를 갖게 된 그는 성에 대한 막연한 불안을 무의식적으로 누를 수밖에 없었다. 그러다 클림트를 통해 '에로티시즘'을, 오스카 코코슈카를 통해 '직설적 누드'를 접하며 내면의 깊고 위험한 성 트라우마를 꺼내놓게 되었다.

무의식 깊숙이 잠자던 것을 꺼내는 일은 그리 쉽지 않다. 줄다리기를 하듯 꺼내려는 힘과 막아서는 힘이 엎치락뒤치락 싸움을 하기 때문이다. 또한 무의식 밖으로 꺼내어 형상화하는 데는 '용기'가 필요하다. 기꺼이 불편한 것을 대면할 용기, 그 불편한 것을 단단히 쥐고 있던 과거의 나를 보듬을 용기 말이다.

실레의 자화상은 지나치게 마르거나 날카롭거나, 그도 아니면 병약해 보인다. 그의 작품 「삼중자화상」 속 세 인물은 모두 실레 자신이지만 각기 다른 얼굴을 하고 있다. 이는 한 인간의 내면에 살고 있는 다양한 인물들을 가감 없이 드러냄으로써 트라우마를 가진 자신을 인정하려 노력한 대목이 아닐까?

사람들은 에곤 실레의 자화상 드로잉을 '일기'와 흡사하다고 말한다. 우리가 생각과 감정을 글로 표현하듯, 그의 드로잉에는 그의 생각이 흐르고 있기 때문이다.

만약 에곤 실레에게 드로잉을 비롯한 예술이 없었다면 어땠을까? 무의식에 잠자던 불편한 트라우마를 형상화할 수 있었을까?

어느 날, 우리 아이가 무심히 말했다.

"예전보다 엄마가 참 순해진 것 같아."

그러고 보니 젊었을 때의 나는, 나를 둘러싼 모든 것들과 부단히 싸웠다. 객관적으로 싸울 만했느냐 묻는다면,

대부분은 아니었다고 솔직하게 말할 수밖에 없다. 그저 나의 내면이 퍽퍽하다 못해 바람에도 으스러질 만큼 지쳐 있었던 게 이유였다. 내 속에 나를 막아서는 것들이 한가득 쌓여 화가 났고, 부정적 감정들이 처리되지 못한 채 방치되어 작은 일에도 불끈 짜증이 솟구쳤다.

조금씩 글을 끄적이는 것만으로는 다 해소되지 못했던 감정들이, 1년간 블로그에 매일 글을 쓰면서 어느 정도 정리가 되었다. 마음 바닥을 싹싹 긁어내고 새 감정으로 채우리라 다짐하고 달려들어서였을까, 불안과 두려움, 절망감, 좌절감들을 수없이 대면하는 '행운'을 얻었다. 숨어버리고 싶은 순간들조차 용기를 냈고, 그 덕분에 내 속의 화기가 조금씩 빠져나갔다.

은유 작가의 책에 이런 글귀가 나온다.

"모든 슬픔은 당신이 그것들에 관해 이야기를 할 수 있다면 견뎌질 수 있다."

에곤 실레가 '성'을 표현하는 것으로 애를 끓였듯이 나도 나의 슬픔을 표현하지 못해 화가 났었던 것 같다. 그러다 슬픔이라 믿었던 것을 표현했기에 견딜 수 있었던 게 아닐까?

내면에 나를 막아서는 것이 있다면 그걸 표현해야 한

다. 그림이든, 악기 연주든, 노래든, 춤이든, 그도 아니면 분노에 찬 글로라도! 일단 표현하고 나면 별거 아니라는 걸 알게 되고, 그러면 또 견딜 수 있기 때문이다.

글쓰기로 화기를 뺀 사람들이 하나같이 하는 말이 있다.

'글쓰기가 없었다면 나는 대체 어떻게 살았을까?'

예전보다 순해진 엄마로 살아가는 나도 그 말을 주문처럼 읊조리곤 한다.

33. 쌍둥이 빌딩의 비밀

세계에서 열한 번째로 높은 건물이 있다. 동시에 세계에서 가장 높은 '쌍둥이' 건물이기도 하다. 바로 말레이시아 쿠알라룸푸르의 랜드마크, 쌍둥이 빌딩이 그 주인공이다.

이 건물을 발주할 당시, 시행사가 원한 것은 딱 하나였다. 최소한의 비용으로 완공하는 것. 그러나 비용을 줄이기 위해서는 무엇보다 공사 기간을 단축해야 한다는 것이 문제였다. 이는 사실상 불가능한 요구였기에 한동안 돌파구를 찾지 못한 채 고심이 이어졌다. 그때 누군가 제안했다. 쌍둥이 건물이니 한국과 일본 건설 회사에 각각 하나씩 맡기면 어떻겠냐고. 두 나라 사이에는 역사적 앙금이 있어서 서로 절대 물러서지 않을 것이라고 말이다.

그리하여 우리나라 삼성물산이 왼쪽 건물을, 일본 건설사가 오른쪽 건물을 시공하게 되었다. 1992년 일본이 먼저 공사를 시작하고, 우리나라는 35일이나 늦게 착공했다. 결국 둘의 경쟁이 치열했기에 공사 기간은 놀랄 만큼 줄어들었다. 그리고 최종 완공에서 우리나라가 6일이나 앞섰다고 한다. 이는 경쟁의 긍정적인 효과를 단적으로 보여준 예라고 할 수 있다.

하루는 아이가 학교에서 짝꿍을 바꾼다며 들떠 있었다. 그런데 하필 반장이랑 짝이 되었다며 몇 번이나 툴툴거렸다. 반장은 적극적이다 못해 모든 일을 본인이 해야 직성이 풀리는 아이라고 했다. 트러블이 이어지던 어느 날, 아이가 놀라운 소식을 전하듯 말했다.

"엄마, 내 짝꿍 반장 말이야, 영재교육을 받고 있대. 그래서 지금 중학교 수학을 푼다는 거 있지?"

간혹 한 학년 정도의 선행을 한다는 아이는 들어보았지만, 두세 학년을 앞선 아이는 처음 들었던 터라, 나도 마냥 신기하게 느껴졌다.

저녁을 먹고 수학 문제집을 풀던 아이가 혼자 끙끙대고 있기에 들여다봤다. 최상위 문제 하나와 사투를 벌이는 것이 아닌가. 이유를 물어보니, 반장 때문이라고 했다. 중학교 과정을 푸는 반장에 비해 자신이 너무 처진 것 같다며 혼자 전의를 불태우고 있었다. 그 모습이 우습기도 하고 귀엽기도 해서 나 혼자 신나게 웃었다.

요즘도 아이는 최상위 문제를 풀 때면 어김없이 반장 이야기를 하곤 한다. 예전에는 절반만 맞추던 실력이 어느새 껑충 뛰기 시작한 것도 다 반장 덕분이라고 말이다. 쌍둥이 빌딩처럼 아이도 경쟁의 긍정적인 효과를 톡톡히 보고 있는 게 아닐까?

34. 하인리히의 법칙

'하인리히의 법칙'이라는 것이 있다. 1:29:300의 법칙 이라고도 부르는데, 허버트 윌리엄 하인리히가 발견한 일 종의 통계법칙이다. 만약 산업재해 1건이 발생했다면 그 전에 29건의 비슷한 경미한 사고가 발생하고, 같은 원인 때문에 해를 입을 수도 있었을 300명이 존재한다는 것이 다. 결국 우리가 익히 알고 있는 대형 사고들은 그 전에 이미 여러 건의 사소한 사고로 신호를 보냈다는 뜻이다. 그러니 그 사소한 사고를 진지하게 받아들이고 정성껏 처 리했더라면 대형 사고는 발생하지 않았을 것이다.

하인리히의 법칙을 '성공'에 적용해보면, 작고 보잘것없 어 보이는 기회들이 커다란 성공으로 이어진다는 점을 깨 달을 수 있다. 언젠가 출장 세차로만 엄청난 돈을 번 부 부 이야기를 들은 적이 있다. 상식적으로 출장 세차로 큰

돈을 벌 수 있을까? 게다가 늘 세차 의뢰가 많을 수 있을까? 그런데 그들은 억대 연봉을 벌었단다. 과연 그 부부의 노하우는 무엇이었을까?

그 부부는 고객의 차를 깨끗이 세차하고 나면 옆에 세워둔 다른 차도 어김없이 세차했다고 한다. 그러곤 메모에 '맡겨만 주신다면 이렇게 깨끗하게 세차를 해드리겠습니다'라고 써서 남겼단다. 옆 차까지 세차하는 작은 정성을 기울이자 더 많은 기회가 찾아왔고, 이는 큰 성공으로 이어졌다.

작은 일에도 정성을 기울이는 자세는 늘 존경스럽다. 그래서 나는 아이에게 별거 아닌 일일지라도 정성을 기울이라 조언한다. 지금 당장은 결과가 보이지 않지만, 어떤 방식으로든 그 정성이 돌아올 거라는 말도 잊지 않는다.

3학년 때, 아이가 말했다.

"엄마 말이 맞았어! 작은 일에도 정성을 기울이라는 말 말이야. 오늘 선생님이 수업 시간에 내 독서록을 하나하나 넘겨가며 아이들에게 설명하셨어. 그림은 물론 글쓰기까지 이렇게 정성을 기울이는 아이는 본 적이 없다고. 그러니까 나처럼 열심히 독서록을 써야 한대. 얼마나 기뻤는지 몰라."

나는 아이의 담임선생님께 참 감사했다. 누군가의 정성을 알아봐주고, 그 정성을 칭찬으로 독려하는 섬세함이야말로 좋은 선생님의 덕목이 아닐까 싶었다.

아이는 여전히 그때의 행복한 기분을 가슴에 새기고 살아간다. 뭔가를 대충하고 싶은 유혹이 아이를 흔들 때마다, 그날 선생님 칭찬 덕분에 으쓱했던 기억을 떠올린단다.

『중용』 23장의 내용이자, 영화 〈역린〉의 대사를 잊지 말자.

"작은 일도 무시하지 않고 최선을 다해야 한다. 작은 일에도 최선을 다하면 정성스럽게 된다. 정성스러워지면 겉으로 배어 나오고, 배어 나오면 겉으로 드러나고, 겉으로 드러나면 이내 밝아지고, 밝아지면 남을 감동시키고, 남을 감동시키면 이내 변하게 되고, 변하면 생육된다. 그러니 오직 세상에서 지극히 정성을 다하는 사람만이 나와 세상을 변하게 할 수 있는 것이다."

35. 유대인들의 경제 교육

유대인들의 경제 교육은 13세에 맞이하는 성인식에서 출발한다. 이 성인식이 특별한 이유는 유대인들이 부를 쌓아가는 방식을 단적으로 보여주기 때문이다.

중산층을 기준으로 축하객 1인당 평균 200달러의 축하금을 주는 것으로 알려져 있다. 따라서 100명이면 2만 달러, 200명이면 4만 달러의 큰 종잣돈이 성인식을 맞은 아이에게 주어진다. 그리고 아주 가까운 친척의 경우에는 200달러 이상의 축하금을 준다고 하니, 보통 성인식을 통해 5~6만 달러에 달하는 큰돈이 생기는 것이다.

부모는 이 종잣돈을 예금, 채권, 주식 등에 투자하게 하고, 아이는 스스로의 자산이 어떻게 늘어나는지 알기 위해 경제에 관심을 기울인다. 이는 자연스럽게 식사 시간 주제가 되고 아이는 경제, 사회, 정치 이슈에 대한 나름의 분석과 생각을 가지게 된다.

성인식을 맞은 아이는 '왜 공부하는가?' '공부해서 무엇을 하려고 하는가?'에 대한 자신만의 답을 발표한다. 이는 스스로 인생과 공부에 대한 답을 찾고, 삶의 방향을 결정하라는 의도가 숨어 있다. 이러한 탄탄한 철학 위에 종잣돈이 올려지는 것이니 유대인들이 부유한 삶을 영위하는 것은 어쩌면 아주 당연한 일처럼 보인다.

우리 아이가 3학년 때의 일이었다. 우연히 시에서 주최하는 글짓기 대회에 참가했다가 1등으로 뽑혔다. 몇 주 후, 들뜬 마음으로 시상식에 참가한 아이는 당시 꼭 사고 싶은 책이 있다며 문화상품권이 부상이었으면 좋겠다고 말했다. 하지만 상장과 꽃다발뿐, 부상은 없었다. 적잖이 실망한 아이는 문화상품권을 상품으로 주는 글짓기 대회에 도전하고 싶다고 했다. 검색해보니 예상보다 훨씬 많은 대회가 있었고, 아이는 그중 자신이 원하는 몇 군데에 참가하겠다고 했다. 그때부터 우리 가족은 여행가는 기분으로 김밥과 간식을 준비해 여러 지역에서 열리는 백일장에 참가하게 되었다. 또한 다양한 공모전을 위해 글을 쓰는 일도 잊지 않았다.

물론 결과가 좋을 때도, 그렇지 않을 때도 있었다. 하지만 결과에 상관없이 시간이 지날수록 아이의 글쓰기 실력은 눈에 띄게 좋아졌다.

결국 아이는 3학년 때 스스로의 힘으로 100만 원의 상금을 모았다. 4학년 때도 역시 100만 원을 모았다. 아이의 목표는 대학에 들어가기 전까지 글쓰기로 1,000만 원을 모으는 것이다.

5학년 때 백일장에 참가한 후 아이가 말하길, 우선 주제에 맞게 글 기둥을 세우고 세부 내용을 메모로 작성했다고 한다. 그리고 머릿속에 서론, 본론, 결론을 기찻길처럼 연결해서 써 내려갔단다. 그동안 꽤 많은 글짓기를 하면서 나름의 방식을 터득한 것 같았다. 그 대회에서 아이는 2등을 했고, 10만 원의 상금을 또 저축했다.

나는 아이와 돈 이야기를 자주 한다. 단순히 물건값을 이야기하는 것이 아니라, 적금이 만기되었을 때의 이자와 대학 등록금, 사교육비, 생활비까지, 우리의 돈 이야기는 아주 현실적이다.

우리 삶을 지탱하는 가장 핵심적인 요소는 다름 아닌 돈이다. 돈에 관해 내가 해줄 수 있는 경제 교육이라고 해봐야 특별히 거창하진 않다. 아이 스스로 돈을 모으게 하는 것, 자신의 통장을 확인하며 미래를 설계하게 하는 것, 집안일을 도울 때마다 정해진 용돈을 주는 것 등이다. 이 작은 일들을 통해 아이는 돈의 가치를 알아가고, 자기 효능감을 키우고 있다. 나는 아이가 성인이 된 후에도 이 소중한 과정들을 잊지 않았으면 좋겠다.

36. 마음속 결핍 채우기

육아를 하면서 가장 감당하기 힘들었던 복병은 때때로 찾아오는 '무기력'이었다. 돌아서면 기저귀를 갈고, 분유를 타는 일의 반복 속에서 '나는 과연 뭐 하는 사람일까?'라는 생각이 들곤 했다. 단발성으로 찾아오던 무기력이 가끔은 만성이 되고, 결국 어떤 일에도 흥미와 열정을 가질 수 없는 상태에 이르기도 했다.

그러다 아이가 유치원을 졸업하고 초등학교에 입학하자 나는 더 무기력해졌다. 갈팡질팡하는 날들 속에서 나는 몸을 움직이는 대신 마음을 움직이기로 했다. 가까운 곳에 가서 바람을 쐬고 기분 전환하는 것은 그때뿐, 오래 지속되지 않았다. 그에 반해 마음을 들여다보면 뭔가 실마리가 풀릴 것 같았다. 책을 읽고 생각하고 또 생각했다. 내 마음속 결핍이 무엇인지 생각하다가, 어떤 결핍이든 스스로 채워나가기로 결심했다.

살아오면서 내가 가장 열정적이었던 때는 언제였던가 기억을 되짚었다.

내가 대학생이었을 때다. 우연히 시작된 일이었지만, 시각장애를 가진 한 언니의 공부를 도와준 적이 있다. 많이 늦은 나이임에도 그 언니는 수능을 통해 대학에 가고 싶다고 했다. 솔직히 그 도전이 무모해 보여서 나도 모르게 의미 없는 노력이라 생각했던 것 같다.

당시 나는 국어와 사회 영역을 돕기 위해 지문 읽어주는 일을 했다. 소리에만 의존해 문제를 푼다는 것이 어디 그리 쉬운 일인가? 계속 다시 읽어달라는 요청이 이어졌다. 제법 긴 지문을 최소 다섯 번씩 반복해서 읽다 보니 슬쩍 짜증이 났다. 그래서 내 목소리에 짜증이 매달렸던 모양이다. 단번에 언니의 표정이 일그러졌다. 순간 미안해진 나는 급히 사과했다.

사실 내 마음이 잘못되었다는 걸 뒤늦게 깨달았다. 은연중에 나는 호의를 베푸는 사람이 우위에 있다고 믿었던 것이다. 그러니 상대방은 내 호의에 감사해야 할 존재라고 생각했다. 지금 다시 생각해도 얼굴이 후끈 달아오르는 어리석음이 아닌가? 돌아보면 그 일을 통해 무수히 많은 호의를 받은 건 바로 나였다. 그러니 어쭙잖은 호의를 베풀며 으쓱해하고 스스로의 효용을 체험한 내가 오히려 감사해야 마땅했다.

어쨌든 중요한 건, 그 언니를 도와주던 그 시절이 내 인생에서 가장 열정적인 시간이었다는 것이다. 내가 누군가를 도울 수 있다는 것, 내 도움을 필요로 하는 사람이 있다는 사실만으로도 한없이 기뻤다.

미국의 정신 진화 전문가인 데이비드 호킨스는 인간의 의식 수준을 1부터 1000까지 수치로 나타냈다. 복잡한 인간 의식을 수치화한 것으로 논란이 일었지만, 의식의 단계를 체계적으로 나타낸 것만으로도 큰 의미가 있었다.

가장 높은 단계인 1000 레벨에는 예수와 부처가 있고, 간디는 700이다. 전 세계 인구의 78%는 200 이하로 측정되고, 평균치는 207이라고 한다. 이러한 수치는 의식 수준과 감정 상태에 따라 구분되는데, 이를테면 낮은 단계에서는 죄의식, 수치심, 무기력, 슬픔, 두려움 등이 의식을 지배하는 반면, 높은 단계로 갈수록 기쁨, 평화, 깨달음이 지배한다.

그런데 우리에게 익히 알려진 똑똑한 인물들, 이를테면 아인슈타인과 뉴턴, 프로이트는 499에 머문다. 왜냐하면 그들의 이론은 사랑에 기반한 것이 아니기 때문이다.

결론적으로 우리가 높은 의식 단계로 발전하기 위해서는 사랑으로 누군가를 돕고, 깨달음의 상태를 유지해야 한다.

그런데 일상에 파묻혀 살다 보면 그런 자각도, 실천도 없어진다. 타성에 젖어 무기력의 공격을 받으며 '살아내는' 삶을 살게 된다. 나는 그러고 싶지 않았다. 최소한 내가 주체적으로 의식적인 만족감을 느끼며 살고 싶었다.

문득, 시각장애인 언니를 도왔던 경험으로부터 작은 깨달음을 얻었다. 누군가를 돕는 일, 그로 인해 느낀 만족감, 이를 실생활에 적용해볼 순 없을까 하는 의문에서 시작된 것이었다. 마침내 내가 도울 대상을 찾는 데 성공했고, 이는 '나'를 바라보는 태도를 완전히 바꾸었다.

나는 아이를 도와주는 존재다.
나는 남편을 도와주는 존재다.
나는 '나'를 도와주는 존재다.

나를 쓸모 있는 존재로 바라보게 된 나만의 주문이다. 나는 기꺼이 가족과 나를 도와주고 있었다. 게다가 사랑하는 마음으로 그들을 성장시키고 있었다. 이렇게 생각하자 내가 하는 일들이 더 이상 하찮아 보이지 않았다. 같은 일을 반복해도 의미가 달라졌고, 마음속 결핍들이 하나둘 채워져갔다.

우리는 우리가 속한 현실을 단번에 바꿀 수도, 벗어날 수도 없다. 그렇다고 무기력하게 모든 것을 그대로 받아들이는 일도 유쾌하지 않다. 상황을 바꿀 수 없다면 내 마음과 시각, 태도라도 바꾸면 된다. 그럼 내 삶이 의미로 가득 차게 되고, 그 의미들은 나를 찾아오는 무기력으로부터 나를 보호해주는 방패가 된다. 나는 오늘도 아이와 남편, 그리고 무엇보다 '나'를 도와주고 있다.

37. 글쓰기의 재미

어둠이 차분히 내려앉은 공원을 걷는 중이었다. 바람에 등 떠밀린 낙엽들이 묘한 소리를 낸 순간, 아이가 물었다.

"엄마, 어떻게 하면 글을 잘 쓸 수 있을까?"

지혜를 구하듯 진지한 목소리였다.

"어떤 글을 쓰고 싶은데?"

"『해리포터』 같은 멋진 판타지! 내 머릿속에 이미 거대한 세계가 완성되었는데, 글로 표현하기가 쉽지 않아. 내가 아는 단어는 너무 한정적이고, 문장도 엉성하고…….."

아이 고개가 톡 꺾여 내려갔다.

"머리만 쓰지 말고 다른 걸 써봐."

쓰르륵!

낙엽들이 어깨를 부딪치듯 거친 소리를 냈다.

"다른 게 뭔데?"

눈매를 늘이며 아이가 물었다.

"자! 이렇게 손을 꺼내봐!"

주머니에 든 손을 빼내며 내가 말했다. 아이는 순순히 꺼낸 손을 시린 바람 속에 내밀었다.

쌔애앵!

찬바람이 잽싸게 열기를 품고 사라졌다.

"눈을 감아봐! 손바닥에서 열기가 빠져나가는 걸 느낄 수 있지? 젤 나중에 열기가 달아나는 곳이 어디인지도 느껴봐."

"우와! 신기하다."

온 신경을 손바닥에 집중한 아이 입매에 웃음이 떠올랐다.

"이제 마스크를 살짝 내리고 바람 냄새를 맡아봐. 입도 살짝 벌려 바람 맛도 느껴보고."

뻐끔뻐끔 금붕어처럼 우린 바람을 맛보느라 정신이 없었다.

"자! 이제 낙엽 구르는 소리를 들어봐!"

쏘옥쏘옥!

낙엽이 발뒤꿈치를 들어 올리고 조용히 지나가는 소리를 냈다.

후투투투!

이번엔 깜짝 놀란 꼬마 낙엽들이 달음박질치는 소리를 냈다.

싸아아악!

제법 센 바람에 떠밀린 낙엽들이 밀물처럼 우리에게 몰려왔다.

"매년 가을이 되면 낙엽은 어김없이 떨어지고, 바람에 굴러가지. 그런데 경이로운 사실이 뭔지 알아?"

"뭔데?"

"낙엽 구르는 소리는 한 번도 똑같았던 적이 없다는 거!"

"아……."

대단한 발견이라도 한 양 아이의 감탄사가 길게 이어졌다.

"세상을 오감으로 열심히 느껴봐. 당연한 것에서 당연하지 않은 것을 발견하는 일이야말로 글쓰기의 재미일 테니까."

휘이이잉!

아까와는 다른 바람 소리가 우리 귀를 스쳐 지나갔다. 또 다른 낙엽 구르는 소리가 마음을 살랑 흔들자 나는 지극히 즐거워졌다.

'낙엽 구르는 소리만으로도 얼마나 많은 글을 쓸 수 있을까?' 싶어 가슴이 절로 두근거린 덕분이었다.

38. 허들 넘기

인간의 심리를 연구하기 위한 실험 중 가장 큰 이슈를 몰고 온 것은 다름 아닌, '복종 실험'이었다. 1961년 예일 대 심리학자 스탠리 밀그램은 '사람들이 복종하는 이유는 외부 상황이다'라는 가설을 설정하고, 이를 증명하기 위해 실험을 기획했다. 참고로 그는 이 실험 때문에 학회 1년 자격 정지 처분을 받게 되었다. 그만큼 실험이 보여준 인간의 잔인성이 큰 파장을 일으켰던 것이다.

우선 그는 실험에서 교사 역할을 수행할 사람들을 모집했다. 다른 방에는 학생이 있었고, 학생은 주어진 단어를 외워야 했다. 교사의 역할은 학생으로 하여금 단어를 제대로 외우게 하는 것이었다. 실험 참가자들은 자신이 맡은 교사 역할을 성실히 수행하기 위해 노력했다. 그런데 학생이 틀릴 때마다 앞에 있는 전기충격기 버튼을 눌러 벌을 주는 것이 규칙이었다. 물론 처음에는 아주 약한 전류가 흐르는 단계라 별다른 어려움 없이 진행되었다.

하지만 후반으로 갈수록 강도가 세어지고, 학생은 고통을 호소했다. 교사 역할을 맡은 사람들 가운데 일부는 실험 중단을 요구했다. 하지만 진행자는 계속 수행하라고 명령했다. 물론 전기충격기와 학생은 가짜이자 도구였을 뿐이다. 이는 순전히 교사 역할을 맡은 사람들의 행동을 알아보기 위한 실험이었다. 그런데 이 실험에서 무려 65퍼센트의 사람들이 진행자의 명령에 따라 전기볼트 강도를 올렸다고 한다.

이 실험은 외부 압력에 의해 인간의 잔인한 본성이 발현되는 것, 자신의 역할에 충실하려는 욕구 등을 밝혀낸 것으로 알려져 있다. 그런데 이와 함께 또 다른 흥미로운 사실도 밝혀냈다. '낮은 강도'에서 '높은 강도'로 수위를 조금씩 높여나갔기 때문에 피실험자가 심리적 어려움을 덜 가졌다는 것이다. 이를 부정적으로 해석하면 작은 잘못이 발판이 되어 큰 잘못에 대해서도 별다른 죄책감을 느끼지 못한다는 뜻이 된다. 하지만 긍정적인 적용 또한 얼마든지 가능하다. 일단 낮은 허들을 넘어본 사람들은 그보다 약간 높은 허들에 대한 부담이 적다. 허들을 서서히 높여 성공하게 되면 이후에는 불가능해 보이던 높이에 도전할 자신감이 생긴다.

내가 참여 중인 글쓰기 카톡방의 멤버 한 분이 '서평 공모전' 소식을 공유했다. 나이 제한이 없는 공모전이라 나는 우리 아이에게 도전해보라고 했다. 아이는 이전에 인상 깊게 읽었던 책의 서평을 열심히 써서 제출했다. 얼마 지나지 않아 상장과 선물이 도착했다. 전자책 리더기와 케이스였다. 아이가 뛸 듯이 기뻐하며 선물을 들여다보는 모습을 보고, 나는 아이가 또 하나의 허들을 넘었다는 걸 깨달았다.

내가 아는 한, 카톡방의 다른 멤버들은 아무도 공모전에 도전하지 않았다. 정확한 이유는 모르겠지만, 아마 낮은 허들을 여러 번 넘어본 경험이 없어서인 것 같았다. 그동안 우리 아이는 무수히 많은 백일장과 공모전에 참가해왔다. 처음에는 가벼운 마음으로 동네에서 열리는 소규모

대회에 도전했다. 몇 번 수상 경험들이 쌓이자 글쓰기에 대한 부담도 서서히 줄어드는 듯했다. 그렇게 스스로 작은 허들을 심심찮게 넘더니 아이는 큰 규모의 대회에 참가할 때도 두렵지 않다고 했다.

결과에 상관없이 도전에는 부담감이 따라오기 마련이다. 그 부담감을 극복하는 방법은 낮은 허들을 반복해서 넘는 것이다. 좋은 결과로 이어지지 못하더라도, 허들을 넘은 경험은 오롯이 자신의 몫이니 도전할 가치는 충분하지 않을까?

39. 코이

코이는 어디다 놓아 기르느냐에 따라 크기가 달라지는 물고기다. 작은 어항에 두면 고작 5~8센티밖에 자라지 않는데, 연못으로 옮기면 20센티 이상 자랄 수 있다. 게다가 코이를 강물에 놓아주면 최대 120센티, 그러니까 초등학생 저학년 키만큼 자란다고 한다.

우리의 생각도 코이처럼 얼마든지 키울 수 있다. 불가능해 보이던 일들도 마음먹기에 따라 가능해지는 경험들을 누구나 해보았을 것이다.

이지성 작가가 독서에 몰입하기 시작했을 때, 하루에 한 권 독서를 하다가 세 권으로 권수를 늘렸다고 한다. '하루에 밥을 세 끼 먹는데 왜 책은 세 권을 못 읽는가?'라는 생각에서 도전했다는데, 그 발상도 놀랍고 그의 실행력은 더욱 놀랍다. 사실 하루에 책 한 권을 읽는 것도 그

리 쉽지 않다. 그런데 그는 한 권을 읽으면 세 권도 읽을
수 있다고 믿었고, 실제 성공했다고 한다.

그런가 하면 『필사, 쓰는 대로 인생이 된다』를 펴낸 김
시현 작가는 처음에 매일 한 개씩 블로그에 글을 올리는
것을 목표로 잡았다. 그러다 이지성 작가와 비슷한 생각
을 했단다.

'하루 밥 세끼 먹듯이 글을 써보자.'

결국 그녀는 매일 블로그에 세 개의 글을 포스팅하기
시작했다.

나는 일주일에 한 편씩 글을 올리는 모임에 참여하고
있다. 사실 처음에는 동화를 쓰다가 지루해지면 다른 글
을 써보자라는 가벼운 마음이었다. 그런데 막상 시작하니
한 편씩 글을 쓰는 일이 꽤 쏠쏠한 재미를 주었다. 그러다
어느 날, 오프 모임에 참여하게 됐다. 구성원들 각자 글을
쓰는 이유와 자세도 참 다양해서 나름 신선했다.

그런데 집으로 돌아오는 길, 이상하게 마음 한구석이
허무했다. 지하철 안에서 곰곰이 생각했다. 허무함의 이
유가 뭘까? 모임을 통해 내가 기대한 건 무엇일까? 그러
고 보니 나는 모임 자체가 내게 특별한 의미를 줄 거라 기
대하고 있었다. 모임에 참여하기만 하면 즐거운 글쓰기가

이어지고, 나아가 내가 더 나은 사람이 될 거라 생각했다.

하지만 가만히 있는 내게 특별한 의미가 선물처럼 주어질 리 만무했다.

지하철을 내리며 나 스스로 결심했다. 의미를 발견할 수 없다면 내가 직접 의미를 만들어보자고. 그 순간, 나의 100꼭지 글쓰기 여정이 시작되었다.

'나는 물고기 코이다. 일주일에 하나의 글을 쓸 수 있던 나를 작은 수족관에서 꺼내 연못으로 옮겨두었다. 언젠가 연못의 답답함이 싫어지면 강으로 옮겨갈 수도 있을 터다.'

누구라도 코이가 될 수 있다. 다만 자신을 코이로 믿느냐 그렇지 않으냐의 차이만 있을 뿐이다.

이것저것 따지지 말고, 일단 믿어보는 게 어떨까?

"나는 코이다!"

40. 임계점

3년 동안 만 권의 독서를 하고 그 후 2년 동안 50권의 책을 출간한 김병완 작가의 책을 읽었다. 그의 책에 관한 호불호는 극명하게 갈리겠지만, 그가 만들어낸 결과에 대해서만큼은 다들 입을 모아 감탄할 것이다.

『김병완의 책 쓰기 혁명』에 그만의 글쓰기 원칙이 잘 담겨 있다. 매일 워드 5페이지 분량을 쓰는 것이 그의 철칙이다. 비가 오나 눈이 오나, 강의가 있든 없든 변함없이 무조건 쓴단다.

그는 매일 아침, 출근하듯이 도서관에 간다. 그러곤 '그냥' 쓰기 시작한다. '프리라이팅' 기법으로 떠오르는 생각들을 글로 무조건 적는 것이다. 잘 쓰겠다는 마음 없이 그저 쓰는 행위를 지속하는 것이야말로 최고의 비법이지 않을까?

『뼛속까지 내려가서 써라』의 저자 나탈리 골드버그도 비슷한 글쓰기 원칙을 밝혔다.

"나는 한 달에 노트 한 권은 채우도록 애쓴다. 글의 질은 따지지 않고 순전히 양만으로 내 직무를 판단한다. 그러니까 내가 쓴 글이 명문이든 쓰레기이든 상관없이 무조건 노트 한 권을 채우는 일 자체를 중요하게 생각하는 것이다. 만약 매달 25일이 되었을 때 노트가 다섯 장밖에 채워져 있지 않다면, 나는 나머지 5일 동안 전력을 다해 나머지 노트를 꽉 채우고야 만다."

어느 분야의 대가든 공통적으로 하는 말이 있다.

'양이 쌓여야 질적인 변화도 있다!'

쉬지 않고 쓰고 또 쓰는 시간이 쌓여야 잘 쓰게 된다는 뜻이다. 이는 결국 글쓰기도 타고난 천재성보다는 훈련으로 얼마든지 탁월함을 얻을 수 있다는 의미이기도 하다.

누군가는 매일 쓰고 싶어도 쓸 주제가 없다고 말한다. 하지만 프리라이팅 기법은 아무거나 떠오르는 대로 쉬지 않고 쓰는 것이다. 하루 20분 동안 무엇이든 쓰겠다고 결심했다면, 그 시간 동안 느끼는 막막함이라도 묘사하면 된다. 실제 어느 유튜버는 정해진 시간 동안 주제가 떠오르지 않으면 그 답답함을 서술한다. 일단 시작하면 생각이 꼬리에 꼬리를 물고 흘러가다 나름 의미 있는 글 한 편이 완성된 적도 있다니, 프리라이팅이 일종의 브레인스토밍 역할을 하는 셈이다.

알다시피 글쓰기 책들의 결론은 하나다.

'일단 써라!'

주제나 표현, 기술 등등은 어차피 나중에 신경 쓸 부분이니 일단 쓰기부터 하란다. 하긴 쓰지도 않고 쓸 걱정은 해서 뭐하겠는가!

우리가 글쓰기 책을 읽는 이유는 이 뻔한 다그침이 필요해서인지도 모른다. 글은 쓰고 싶은데 변명이 많아진다면 우선 글쓰기 책을 읽자. 그리고 '일단 써라', 이 지침을 가슴에 새기고 무조건 써보자. 그러다 보면 어느 순간 임계점을 넘어 폭발적인 성장을 경험할 수 있을 것이다.

41. '관찰'의 힘

한 시인이 말했다.

"어느 날, 목적지를 향해 운전해 가던 중이었죠. 길이 얼마나 막히던지 힘들고 짜증이 나더라고요. 꽉 막힌 도로 위, 멈춰 선 차 안에서 딱히 할 일도 없었어요. 살짝 고개를 돌려 밖을 보니 바닥에 낙엽이 뒹굴고 있더라고요. 아! 그 순간 눈물이 나려고 하는 거예요. 나는 시인인데, 왜 낙엽 속에 존재하는 우주는 보지 못하고, 이렇게 짜증을 내고 있는 걸까 싶어서 말이죠. 시인은 흔하디흔한 존재들에서도 새로운 걸 발견할 수 있는 사람이에요. 그런데 그때의 저는 시인으로서의 본분을 망각했던 거죠."

바닥에 뒹구는 낙엽도 본래는 나무에 단단히 붙은 작은 나뭇잎이었다. 무럭무럭 자라다 가을볕 만나 색색깔 옷을 입고, 쌀쌀한 바람 만나 안녕을 고하며 비행을 시작했을 것이다. 이제 어느 땅에 내려앉아 다시 땅속으로 돌아갈 날만 손꼽아 기다리는 중이다. 그러니 누구라도 가만히 귀를 기울이기만 하면 낙엽의 풍요로운 노랫소리를 들을 수 있다.

시인을 비롯한 예술가들은 창조 이전에 '발견'하는 사람들이다. 예술적인 삶을 살기 위해선 '관찰'하는 습관을 들여야 하고, 어느 날, 흔한 존재로부터 발견한 의미 한 조각에 흐뭇해할 줄도 알아야 한다.

이 말을 달리하면, 누구라도 관찰하고, 발견하기만 하면 예술가가 될 수 있다는 뜻이기도 하다. 오감으로 발견하고, 의미를 부여한 다음, 표현하면 그것이 바로 예술이니까 말이다.

내가 동화 쓰기를 막 시작했을 때, 남편이 물었다.

"몇 편 쓰고 나면 더 이상 새로운 이야기가 없지 않아?"

난 생각할 필요도 없다는 듯 즉각 대답했다.

"아니. 차고 넘치는데?"

물론 매번 고심하긴 하지만 나는 무엇보다 '관찰'의 힘을 믿는다. 글을 쓰고자 하면 설거지하다가 싱크대에 낀 물때를 보고도 의미를 찾을 수 있는 법이니까 말이다.

글은 쓰고 싶은데 글감이 없다면 주변을 둘러보자. 낙

엽에서 우주를 발견하듯 새로운 의미를 찾다 보면 글쓰기의 재미는 물론 삶의 묘미도 함께 얻을 수 있을 것이다.

42. 이상한 경험

 오래전, 한 백일장에 참가한 적이 있다. 성인부는 신분증 검사를 하고 딱딱한 규칙들을 들은 후에야 글쓰기를 시작할 수 있었다. 낯선 분위기에 잔뜩 긴장한 터라 나는 쭈뼛거리며 자리에 앉았다. 그러곤 시제를 듣고 한동안 고민에 고민을 거듭했다. 다른 사람들은 이미 신나게 글을 쓰고 있었기에 주위에 숨소리와 연필 소리만 가득했다. 갈수록 초조해진 나는 입술만 잘근잘근 씹어댔다.

 그러다 마침내 심부름을 주제로 글을 쓰기 시작했는데, 생전 처음 참으로 이상한 경험을 하고 말았다. 처음에는 단순히 아이가 초등학교 1학년 때 첫 심부름을 했던 이야기로 시작했다. 이야기가 순조롭게 흘러가길래 기분이 들떠 콧노래라도 부르고 싶은 심정이었다. 아이의 생기발랄한 뒷모습이 생생히 그려지더니 손만 뻗으면 잡힐 듯 모든 것이 선명해졌다. 내 손이 생각을 따라잡지 못하고 한 박자 늦게 움직이는 것이 조금 거슬렸을 뿐, 글은 음악처럼 부드럽게 흘러갔다.

아이가 길 건너 마트에 간 후 나는 한껏 걱정을 하며 창문 밖으로 목을 길게 빼고 기다렸다. 빼꼼 내민 내 얼굴에 문득 우리 엄마 얼굴이 겹쳐졌다. 갑자기 이야기는 나의 의지와 상관없이 엄마의 이야기로 옮겨갔다. 수능 날, 추위에 발을 동동거리며 정류소에 서 있는 엄마가 보였다. 버스가 멈출 때마다 목을 쭉 늘여 애타게 나를 찾고 있었다.

전혀 다른 두 이야기가 어느 순간 매끄럽게 연결되었다. 내가 아이를 기다리던 심정과 엄마가 날 기다리던 심정이 함께 달리기 시작했다. 다시 아이를 기다리며 목을 뺀 내 모습으로 이야기가 옮겨갔고, 아이 모습이 시야에 들어오자 나도 모르게 환히 웃던 기억이 떠올랐다.

바로 그때, 버스 정류소에서 서성이던 엄마가 다시 보였다. 버스가 도착할 때마다 발을 구르며 애태웠을 엄마의 모습이 눈으로, 머리로, 가슴으로 아프게 파고들었다.

갑자기 눈물이 후두두 떨어졌다. 분위기가 무겁게 가라앉은 강당에서 난데없이 눈물을 찍어내는 나 자신이 참으로 어이없었다. 대회를 주관하는 분들이 곳곳에 서 계셨는데, 나를 흘깃거리는 눈길이 느껴졌다. 그런데도 눈물은 쉽게 멈추지 않았다. 힘들게 마무리하고 몸을 일으킨 순간엔 기분이 묘하다 못해 이상했다. 1시간 30분 동안 공간이동이라도 한 것 같은 기분, 그저 스치는 이미지가 아니라, 그 현실 속에 분명히 들어갔다 온 기분이었다.

글을 통한 몰입과 현실감, 그 속에서 나는 엄마와 나, 나와 딸의 관계를 생생하게 체험했다. 그 특별한 경험 때문이었을까? 나는 그 백일장에서 입상의 행운을 얻었다. 그리고 그 행운보다 더 의미 있는 깨달음도 얻었다. 평생 글을 써야 하는 이유 말이다.

43. 나를 응원하는 소리

1일 1 글쓰기를 실천한 지도 어느덧 한 달 남짓이 되었다. 아침에 눈을 뜨면 젤 먼저 생각한다. '오늘은 뭘 쓸까?'

아침을 준비하면서, 샤워를 하면서도 오늘의 글감만 생각한다. 꼭 써야 한다는 강제성이 있는 것도 아닌데 신기하게 매일 쓰고 싶은 마음이 든다. 그러다 보니 이제 습관이 되어 생각도 시각도 자연스럽게 글쓰기로 흘러가고 있다.

물론 처음엔 작은 끄적거림이었다. 하지만 그 작은 행동도 일단 계속하다 보니 나를 바꾸는 원동력이 되었다. '할까 말까 망설일 시간에 행동하라'는 말이 진리인가 보다.

그럼 내가 글쓰기를 통해 얻고 싶은 것은 무엇일까?

마지막으로 다이어리에 썼던 글이 생각난다. 격한 감정을 쏟아낼 곳이 없어서 다이어리 두세 장에 쉬지 않고 글을 썼던 것 같다. 인간관계에서 상당한 피로감을 맛본 순간이었기에 머리가 지끈지끈 아팠다. 온몸에 열이 올라 에너지가 부글부글 끓어오른 상태이기도 했다. 그래서 그런지 마치 누군가 내 손 대신 볼펜을 움직여 글을 쓰는 것만 같았다. 볼펜에 손이 휩쓸려 가는 느낌, 내가 볼펜을 놓아도 볼펜이 혼자 움직일 것 같은 느낌이었다.

하여튼 그렇게 한 30분 정신없이 글을 쓰고 나니 마지막으로 긴 한숨이 새어 나오고, 몸에서 시원하게 열감도 빠져나갔다. 묘한 통쾌함이 들었던 걸 보면 나름 현명한 배출 방법이었던 모양이다. 그러곤 한동안 다이어리도 글쓰기도 잊고 살았다.

어느 날, 아이가 다이어리 안을 구경하려고 했다. 순간 번쩍 그 글이 생각났다. 나는 얼른 아이 손에서 다이어리를 뺏어 들며 보지 말라고 당부했다.

그러곤 아이가 없을 때 내가 쓴 글을 처음으로 들여다보았다. 부끄럽다 못해 얼굴이 화끈거렸다. 날것의 언어들이 파닥파닥 뛰어다니며 당시의 분노를 생생히 전해주고 있었기 때문이다. 게다가 다시 찬찬히 곱씹어보니 그리 화날 만한 상황도, 분노할 일도 아닌 것 같았다. 그리고 한 가지 더 깨달은 게 있다. 당시의 내 마음이 어땠는지 가장 크게 공감하고 위로해줄 사람은 바로 '나'라는 사실이다. 나는 내 글을 읽으며 그때의 나를 위로했다.

'그래, 너 화가 단단히 났었구나. 맞아! 그런 감정을 느낄 만해.'

공감의 말들이 내 속에서 크게 울려댔다. 그러자 어린아이처럼 잔뜩 화가 나서 씩씩거렸던 그때의 내가 들썩이던 어깨를 내려놓았다.

정호승 시인의 시 「수선화에게」를 읽다 보면 우리 모두 외로울 수밖에 없는 인간임에 안도하게 된다. 또한 그 외로움이 인간에게만 국한된 것이 아니라니 얼마나 다행인가. "하느님도 외로워서 눈물을 흘리신다" 이 대목을 읽으면 절로 마음이 놓인다.

그런데 혹시 우리가 외로운 건 공감받지 못하기 때문은 아닐까? 그리고 진심으로 내게 공감하는 사람은 '나'뿐이지 않을까?

내게는 글쓰기가 내 마음을 들여다보고 공감해줄 수 있는 귀한 도구이다. 일단 글로 써보면 마음을 객관적으로 바라보게 되고, 나라는 사람이 왜 그런 감정을 느끼는지 알게 된다. 그 마음을 이해하려면 내 성향과 경험, 환경에 대한 이해가 더해져야 하니 결국엔 내가 나를 가장 잘 위로할 수밖에 없다.

외로울수록, 고립된 느낌이 들수록, 공감받지 못할수록 글을 쓰는 게 어떨까? 그럼 내 속의 내가 가장 열렬하게 내게 공감하고 응원하는 소리를 들을 수 있을 것이다.

44. 거절당하기

'하루에 한 번, 100일 거절당하기'에 도전한 남자가 있다. 바로 지아 지앙이다. 그는 거절의 두려움을 극복하고자 거절당하기 프로젝트를 실행했다고 한다.

첫째 날, 그는 낯선 경비원에게 가서 물었다.

"100달러 좀 빌려주시겠어요?"

경비원이 어이없다는 듯이 웃으며, "안 돼요. 왜요?"라고 물었다.

당황한 지앙은 미안하다고 말하고 도망가버렸다. 하지만 이 경험을 통해 그는 깨달은 것이 있었다. 경비원이 돈이 필요한 이유를 물었으니 충분히 이유를 설명할 수도, 협상을 벌일 수도 있었다는 사실이다. 그런데도 자신은 시도조차 하지 않고 그저 도망친 것이다. 그래서 다음부터는 절대 도망가지 않겠다 다짐했다.

둘째 날, 그는 햄버거 리필에 도전했다. 일단 햄버거를 다 먹은 후 직원에게 햄버거 리필을 해줄 수 있느냐 물었다. 직원은 당황하며 안 된다고 대답했다. 그래도 전날의 다짐 덕분에 지앙은 도망가지 않았다.

셋째 날은 크리스피 도넛에서 오륜기 도넛을 주문했다. 당연히 거절을 당할 줄 알았는데, 직원이 종이와 연필을 가져와 그림까지 그려가며 진지하게 이야기를 들어주었다. 그리고 15분 후, 진짜 오륜기 도넛을 건네주었다.

그런가 하면 어느 날 그는 꽃을 들고 낯선 집에 갔다. 그리고 "이 꽃을 당신 뒷마당에 심어도 될까요?"라고 물었다. 당연히 주인은 안 된다고 대답했다.

이때 지앙이 마법의 단어를 꺼냈다. "Why?"

주인은 자신이 키우는 개가 마당을 파서 꽃을 망가뜨릴 게 확실하기 때문이라 했다. 그러곤 길 건너 코니네로 가보는 게 어떻겠냐는 친절한 안내까지 해주었다. 그래서 지앙은 코니네로 갔고, 꽃을 좋아하는 코니네 뒷마당에 꽃을 심는 데 성공했다.

이 경험으로 그는 또 다른 교훈을 얻었다. 지금껏 자신이 거절을 당한 이유는 자신의 못생긴 외모나 부족한 태도 때문이 아니라, 진짜 그들에게 필요하지 않았기 때문인지도 모른다는 것이었다.

그리고 한번은 어느 교수를 찾아가서 자신이 수업을 진행할 수 있겠냐고 물었다. 안 된다는 대답에 지앙이 물었다. "Why?"

결국 두 달 후, 지앙은 수업을 진행할 수 있었다. 그의 조사에 의하면 후세에 이름을 남긴 위인들 중 많은 이들은 '거절에 특별한 반응'을 했던 이들이라고 한다. 그들은 거절로부터 도망가는 대신 선물처럼 끌어안았다. 그 순간 거절은 더 이상 두렵고 불편한 것이 아니라 새로운 변화와 기회가 되었다.

나는 원고를 투고하는 순간들이 설레면서도 두렵다. 가끔은 무수히 도착하는 거절 메일들이 내가 보낸 원고 대신 '나' 자체에 대한 거절이라는 느낌을 받기도 했다.

게다가 부끄럽지만 진지하게 이런 생각을 해본 적도 있다.

'만약 내가 어릴 적에 사랑을 듬뿍 받았었다면 거절을 조금 더 수월하게 혹은 가볍게 받아들이지 않을까?'

거듭된 거절은 이런 미성숙한 생각마저 하게 만든다.

어느 날, 내가 수없이 투고했던 한 출판사 편집자와 미팅을 가졌다. 약속 장소로 가는 길, 나는 왠지 부끄러운 마음이 들었다.

'그간 내가 보낸 원고들을 다 읽었을 텐데…… 그럼 부족한 내 실력을 다 알고 있을 텐데…… 나를 부족하고 한심한 작가로 보면 어쩌지?'

온갖 생각들이 머릿속을 어지럽혔다.

그런데 편집자의 얘기를 듣고 나는 깜짝 놀라고 말았다. 그는 그동안 많이 투고해줬는데 좋은 소식을 전해주지 못해 미안하다고 했다. 좋은 원고들이었지만 자신들이 출간한 책들과 엇비슷한 소재나 주제가 있어서 아쉽다는 설명을 덧붙였다. 그리고 앞으로도 투고를 계속해달라는 말도 잊지 않았다.

나는 그제야 깨달았다. 출판사는 원고 하나하나를 그저 객관적인 눈으로 판단할 뿐이라는 걸. 그들이 거절하는 건 개별적인 원고에 대한 것일 뿐, 개인적인 감정은 전혀 없다는 걸.

그 후부터 나는 거절 메일에 쿨한 태도를 가지게 되었다. 거절을 선물처럼 끌어안지는 못하더라도 거절로 인해 크게 속앓이하는 일은 확실히 없어졌다.

거절로 힘들어하는 사람들이 있다면, 자신이 받은 거절을 찬찬히 들여다보라고 말해주고 싶다. 거절이 향하는 곳이 어디인지를 관찰해보면 의외의 지점을 발견할지도 모른다. 나 자신이 아니라 아주 부차적인 문제들 말이다.
그리고 절대 한 가지는 잊지 말자.

어떤 거절도 우리 존재 자체를 흔들 순 없다는 것!

45. 행운은 노력과 함께

"첫 도전에 은상이라니! 상금도 동상보다 세 배나 많아! 너 정말 대단하다!"

문학상 수상 소식을 전했을 때 남편이 한껏 기뻐하며 한 말이다. 나는 그제야 실감이 나서 웃음을 터트리며 방방 뛰어올랐다. 그러면서 큰 행운을 거머쥔 게 틀림없다고, 그 행운은 내 노력의 당연한 결과라고 생각했다.

서울의 한 호텔에서 진행된 시상식은 그야말로 화려했다. 고급스러운 원형 식탁에 앉아 커다란 무대를 바라보며 만찬을 즐길 수 있었고 대상, 금상, 은상 수상자들과 가족들이 젤 앞자리에 앉아 스포트라이트를 받았다. 그리고 그 사이사이에 주최사의 고위급 임원진들이 앉아 담소를 주고받다 인자한 얼굴로 수상자들에게 축하 인사를 건네곤 했다.

내 맞은편에 앉은 또 다른 은상 수상자가 내게 조심스레 물었다.

"몇 번째 도전이세요?"

"처음인데요?"

"처음인데 은상을 받으신 거예요?"

그녀 눈이 단번에 커다래졌다.

"네…… 혹시 여러 번 도전하신 거예요?"

"그럼요. 아마 여기 계신 분들 대부분이 그럴걸요? 한 번에 된 거라니 진짜 행운이시네요."

'행운'이란 말에 나는 슬쩍 행복해졌다. 온갖 불운이 지나가고 마침내 진짜 행운이 찾아왔단 생각에 웃음도 슬금슬금 새어 나왔다.

잠시 후, 사회자가 공모전에 관해 친절하게 설명하기 시작했다. 물론 이미 알고 있는 내용이었지만, 대상과 금상 수상자들만 등단 자격을 부여한다는 말이 자꾸만 내 귀에 콕콕 박혔다. 아동문학 부문 금상 수상작은 동화가 아닌 동시였다. 만약 동화 부문이 따로 있었다면 내가 금상인 셈이었다. 그쯤 되자 마치 올림픽에서 금메달을 놓친 은메달리스트가 된 듯 내 속에서 커다란 탄식이 터져 나왔다.

'금상이었으면 얼마나 좋았을까, 아니 내친김에 대상이었으면 진짜 좋았을 텐데, 아쉽다!'

그런 생각 탓인지 방금 전까지 고급스럽게 반짝이던 주변이 순식간에 별 볼 일 없어 보이기 시작했고, 커다란 행운도 이미 절반쯤 뚝 떨어져 나간 듯 가볍게 느껴졌다.

각 부문 금상 수상자들이 무대에서 수상 소감을 말하는 시간이 되었다. 오랫동안 시를 써온 수상자는 소감을 말하다 울컥해서 말을 잇지 못했다. 외롭고 지치는 와중에도 계속 시를 썼다는 말 속에는 지난한 과거의 고통과 스스로를 대견해하는 마음이 깊게 스며 있었다.

'오랫동안 시를 쓴 내공이 있어서 금상을 받으신 걸까?'

금메달을 빼앗긴 은메달리스트 같던 내 마음에서 바람이 슬쩍 빠져나갔다.

이어서 대상 수상자가 소감을 말하는 차례였다. 그녀는 하얀 드레스 같은 옷을 입고, 몇 시간 동안이나 공들인 화장과 헤어스타일로 반짝반짝 빛나는 얼굴을 뽐내고 있었다.

'나보다 훨씬 큰 행운을 거머쥔 수상자구나. 난데없이 만난 행운이 얼마나 반가울까…….'

그녀가 부러워진 나는 입술을 뾰족하게 모았다.

"올해로 글을 쓴 지 20년이 되었어요……."

그 말에 움찔 놀란 나는 허리를 바짝 세웠다.

'2개월이나 2년이 아니라…… 20년? 누가 내게 물으면 뭐라고 대답하지? 딱히 글을 써본 적 없다고 솔직하게 말해야 하나? 아니면 듣기 좋게 4~5년이라고 말할까?'

온갖 생각들이 내 속에 차올랐다.

"포기하지 않고 꾸준히 도전한 결과 오늘 같은 날을 맞이한 것 같아요. 그래서 참 기뻐요."

그녀의 울음 섞인 목소리가 커다란 홀에 울려 퍼질수록 나는 자꾸만 작아지고 있었다. 그러다 마지막 말에 이르러서는 내가 아예 사라진 것도 같았다.

"앞으로 저처럼 어려움 속에서도 글을 쓰고자 하는 분들을 돕고 싶어요."

글을 쓰고 싶어도 쓰기 힘든 사람들이 많다는 것과 그들을 돕고 싶어 하는 사람이 있다는 사실은 내 철없는 투정을 단번에 보잘것없는 것으로 만들어버렸다.

'나는 과연 20년 동안 글을 쓸 수 있을까? 힘들고 지쳐도 포기하지 않고 쓸 수 있을까? 글을 쓰고 싶은데 쓸 수 없는 사람을 도울 수 있을까?'

그 물음에 선뜻 대답할 수 없어 고개를 푹 숙여버렸다.

나를 제외한 수상자 대부분은 행운을 만난 게 아니라

그저 노력의 결과를 뒤늦게 얻은 것뿐이었다. 그러고도 그 노력에 응답이 있는 것만 해도 행운이라며 진심으로 감사해했다. 간절히 글을 써본 적 없던 나는 그날 그 화려한 시상식장에서 초라한 마음을 부여잡고 부끄러워했다.

눈부신 홀을 빠져나오던 순간, 나는 깨달았다. 그들이 포기하지 않은 과거에 대한 보상을 받았다면, 나는 보상을 미리 받아 이제부터 포기하지 말아야 한다는 걸. 그리고 내 삶에서 간절한 그 무엇을 비로소 찾았다는 걸.

46. 부모님 이야기

영어의 father(아버지)는 그리스어 pater(파테르)에서 유래했다. 그리고 파테르는 pattern(모범)이라는 단어에서 비롯되었다. 결국 아버지라는 단어에는 '가정 내에서 모범이 되어야 한다는 의미'가 내포된 셈이다.

나는 내 아버지를 잘 이해할 수 없었다. 기억 속 아버지는 술을 마시고 엄마를 괴롭히다가, 이른 새벽 자갈치 시장에 가서 가족에게 먹일 횟감을 샀던 사람이다. 때론 별일 아닌 일에 버럭 화를 냈다가, 늦은 밤 자식들 간식을 사 들고 들어오며 사람 좋은 웃음을 보이기도 했다.

언젠가 공모전에 참가하기 위해 수필을 쓴 적이 있다. 아버지를 주제로 하였던 터라 내 아버지에 대한 에피소드를 생각해내려 애썼다. 하지만 좋았던 기억도, 싫었던 기억도 글로 엮어내기에 전혀 흥미롭지 않았다. 나는 할 수

없이 아버지가 술을 마시고 읊조리던 이야기 한 토막을 쓰기로 했다.

새파랗게 젊었던 그는 돈을 벌기 위해 베트남으로 갔다. 사방이 풀들로 뒤덮인 밀림에서 그의 발걸음은 느리고 무거웠다. 총을 든 손에 온 신경을 집중하며 언제 튀어나올지 모르는 적들을 경계하느라 정신이 아득해졌다. 방금까지 함께 웃고 떠들던 전우가 순식간에 쓰러지자, 남겨진 그는 분노와 두려움에 몸을 파르르 떨었다. 그가 할 수 있는 일이라곤 고작 눈물을 삼키며 몸을 웅크리는 일뿐이었다. 또 다른 전우들이 픽픽 쓰러진 순간, 그는 절실하게 살고 싶었다. 총성이 멈추자 그는 눈물을 후두두 떨구며 살아남았음에 안도했다.

수필을 쓰다 보니 젊은 날의 내 아버지가 보였다. 술을 마시고 분노를 터트렸던 그에겐 켜켜이 쌓인 두려움이 있었다. 죽음이 시시각각 내리꽂히는 밀림에서 살아남았지만 그는 늘 죽음의 외투를 입고 살았던 것이다.

청년이었던 그는 이제 일흔을 넘긴 노인이 되었다. 아버지를 이해할 수 없었던 자식들은 뒤늦게 증오와 원망을 털어버리고 그에게 연민의 정을 느끼며 산다.

『생산적 글쓰기』를 쓴 임재성 작가는 초등학교 4학년 때 아버지를 잃었다. 그런데 웬일인지 아버지에 대한 기억이 아무것도 없단다. 그 때문에 살아가면서 심리적 어려움을 여럿 경험했다고 한다. 무엇보다 사회생활을 하며 인간관계를 맺는 일이 어려웠던 그는 특히 직장 상사와의 관계가 힘겨웠다.

그는 자신의 문제를 해결하려 아버지의 삶을 탐구하기 시작했다. 아버지와 어머니의 삶을 이해하면 그분들의 정체성을 발견할 수 있고, 결국 본인이 어떤 사람인지를 이해하리라 믿었던 것이다. 아버지의 삶을 조망하며 글을 쓴 덕분에 그는 아버지를 이해하는 일이 훨씬 쉬워졌다고 한다.

아버지가 읊조리던 베트남전 이야기를 내가 글로 옮긴 순간, 내 마음속에 변화가 생겼다. 아버지에 대한 연민으로 글을 쓴 것도 아닌데, 글로 옮겨진 이야기가 내 마음을 움직인 것이다.

엄마에 관한 이야기를 쓸 때도 비슷한 경험을 하였다. 정확하게 나의 생각과 감정이 무엇이었는지 몰랐다가 글을 쓰면서 알게 되었고, 나아가 '나'라는 사람을 새롭게 이해하게 되었다.

글쓰기를 통해 우리는 스스로를 탐구한다. 또한 나에 대한 글을 쓰면서 발견하지 못했던 '나'를 부모님 이야기를 통해 발견하는 경우도 많다.

그러니 나의 정체성을 탐구하고 싶다면 부모님의 이야기를 써보자. 그분들을 이해할수록 내 사고의 뿌리도 함께 발견할 수 있기 때문이다.

47. 영자의 책 읽기*

"계집애가 학교는 무슨 학교야!"

아침부터 아버지 고함소리가 세차게 귓가를 때렸다. 책보를 야무지게 맨 영자의 허리가 구부정 앞으로 쏠렸다. 아버지의 씩씩거리는 소리 사이로 어머니 발소리가 들려왔다. 영자는 어머니에게 희망을 걸어보기로 했다. 같은 여자니까 '계집애'라는 말에 맞서 싸워줄 것이 분명했기 때문이다. 하지만 웬일인지 어머니는 한마디도 하지 않고 아버지 옆에 우두커니 서 계셨다. 영자는 자신의 못난 꼴을 구경하듯 선 어머니가 아버지보다 더 미워졌다.

그도 그럴 것이 어머니는 이름난 양반집 딸이어서 어릴 적 글공부를 원 없이 했단다. 붓으로 글을 써 내려가는 어머니의 모습을 보고 있으면 영자는 절로 황홀해졌다. 그래서 자신도 꼭 어머니처럼 글을 멋지게 쓸 수 있기를 희망했다. 그러자면 학교에 꼭 가야 했다.

어머니는 꿀 먹은 벙어리마냥 입을 다문 채 영자와 눈을 맞추지 않았다. 그런 어머니를 향해 영자는 원망의 눈총을 쏘아댔다.

아버지의 두 번째 호통이 날아들려는 찰나, 크르릉 요란한 소리가 들려왔다. 얄미운 남동생이 대청마루를 가로지르는 소리, 영자는 불끈 주먹을 쥐었다. 신발을 대충 꿰어 신은 남동생은 아버지께 넙죽 인사를 했다.

"학교 다녀오겠습니다."

영자는 그 짧은 말을 자신도 소리 높여 하고 싶었다.

잔뜩 움츠린 영자 쪽으로 느그작거리며 녀석이 걸어왔다. 영자를 지나칠 때 녀석은 날름 혀를 내미는 것도 잊지 않았다. "이게 진짜!" 하고 녀석 뒤를 따라잡아 한 대 패주려는 순간, "어디 가려고! 넌 오늘 밭에 나가 일손이나 보태!" 등을 낚아채는 아버지 한마디에 영자는 다리에 힘이 풀리고 말았다. 억울했다. 절로 눈물이 차올랐다.

오전 내내 밭일을 하던 영자는 가슴에 뜨거운 돌덩이를 품은 듯했다. 고 녀석이 학교에서 돌아오면 본때를 보여주겠다고 다짐하고 또 다짐했다.

밭일을 마치고 집에 돌아오니 녀석은 가방만 던져놓고

놀러 나가고 없었다. 영자는 가방을 숨겨버릴까 생각하다
이내 고개를 저었다. 아버지가 단박에 자신을 의심할 것
을 알았기 때문이다. 녀석의 가방을 슬쩍 열었다. 교과서
가 보였다. 영자는 거칠게 책을 꺼내 방으로 숨어들었다.
교과서를 든 손에 진득한 땀이 찼다.

　아무렇게나 넘겨 읽기 시작했다. 간혹 모르는 글자가
있었지만, 개의치 않았다. 글자들이 영자의 두 눈 속으로
힘차게 흘러들었다. 설레고 또 설레서 입가에 실룩실룩
춤꽃이 만발했다.

　한참을 교과서에 코를 박고 있다 보니 학교에 못 가는
자신의 처지가 불쌍해졌다. 문득 좋은 생각이 떠올랐다.
종이 한 장을 꺼내 교과서를 옮겨 적기 시작했다. 고작 세
쪽을 적었을 때, 얄미운 녀석의 목소리가 들려왔다. 영자
는 얼른 옷 속에 교과서를 감추었다. 녀석이 부엌으로 들
어가는 소리가 들리자 냉큼 대청마루로 나갔다. 살금 떨리
는 손으로 녀석의 가방에 교과서를 후다닥 찔러 넣었다.

　그렇게 매일 영자는 몰래 교과서를 옮겨 적었다. 밭일
할 때 그 종이를 들고 가서 흘깃흘깃 읽는 것도 잊지 않았
다. 땀을 식히며 글자를 읽는 시간이 세상에서 가장 즐거
웠다.

마침내 한 달 만에 교과서 한 권을 통째로 옮겨 적는 데 성공했다. 그것도 모자라 책을 완전히 외워버렸다. 시처럼, 음악처럼 교과서를 읊는 시간, 영자는 마냥 행복했다. 계집애로 태어난 설움을 이겨내려는 듯, 밭에서 악착같이 읊어댔다. 영자의 낭독은 때론 기쁨의 노래가, 때론 슬픔을 깎아내는 도구가 되어 평생 영자를 보듬었다.

  * 동화작가이기도 한 저자가 자신의 시어머니 이야기를 모티브로 쓴 짧은 동화.

해피엔딩

*

에라스무스는 이렇게 말했다.

"자기 자신을 미워하는 사람이 다른 사람을 사랑할 수 있는가?

자신과 싸우는 사람이 다른 사람과 화합할 수 있는가?

자신을 짐스러워하는 사람이 다른 사람을 기분 좋게 할 수 있는가?"

48. 당신의 삶은 희극인가요?

"노숙자 상담 일을 하게 되었어."

상담사 친구가 말했다.

"우와! 멋지다. 의욕 없이 살던 사람들에게 실질적인 희
망을 줄 수 있는 일이잖아. 분명 보람찬 일일 거야."

친구의 특별한 직업을 부러워하며 내가 말했다.

"진짜 그랬음 좋겠다."

들뜬 얼굴로 친구도 기대를 내비쳤다.

몇 달 후, 초췌한 얼굴의 친구와 다시 대면했다.

"일은 어때? 보나 마나 노숙자 생활을 청산한 사람들
덕분에 보람을 느끼고 있겠지?"

"아니…… 정말 지치고 피곤해……."

친구 눈에 들어찬 울분이 서걱서걱 소리를 냈다.

"왜? 무슨 문제라도 있어?"

"무기력한 사람들을 무기력의 늪에서 끌어내는 일은 생각만큼 쉽지 않아. 기껏 일자리 면접을 잡아주면 안 가기 일쑤고, 교통비도 없다며 앓는 소리를 하지. 어디 그뿐이야? 걸핏하면 찾아와서 행패를 부리고, 안타까운 마음에 내가 쥐여준 교통비로 술을 진탕 마신 사람도 있더라고."

눈매를 찡그리며 친구가 불만을 쏟아냈다.

"아…… 내가 생각했던 거랑 완전히 다르구나……."

기대와 현실 사이의 괴리감을 선명히 느끼며 우린 씁쓸한 웃음을 지었다.

"나, 이번엔 청소년 상담사로 일하게 되었어."

한참 시간이 흐른 어느 날, 친구가 말했다.

"우와! 생각만 해도 재밌겠다. 아이들을 도와주는 일이 훨씬 보람찰 거야."

우린 또 한 번 긍정의 말들을 쌓아 올려 희망에 다가가려 애썼다.

하지만 몇 달 후, 친구의 미간은 더욱 좁아졌다.

"안을 들여다보면 쉬운 일은 없어!"

"왜? 그래도 아이들은 분명 순수할 테니까 조금만 도와주면 멋진 어른으로 성장할 가능성이 있잖아."

머릿속에 해맑은 아이 얼굴을 그리며 내가 말했다.

"가정불화로 집을 나온 아이들 중에는 범죄를 저지르는 아이들이 많아. 그런데 뉴스에서 볼 법한 심각한 범죄를 저지르고도 얼마나 태연한지 몰라. 내가 맡은 아이들도 어이없는 사건 사고를 끊임없이 만들고 있지. 그 아이들의 무감각한 얼굴을 보고 있으면 인간의 본성에 관해 의문이 들 정도라고. 인간은 본래 선한 존재가 맞긴 한 걸까…… 내가 선한 의도를 가지고 도움을 줄 때 그들도 화답해주면 안 되는 걸까……."

선의가 선의로 돌아오지 않는 현실에 좌절한 친구가 입매를 늘여뜨렸다.

"근사한 일처럼 보였는데 힘든 부분이 많은가 보구나……."

그날도 우린 기대와 현실 사이에 넓은 강이 흐르고 있다는 말에 고개를 끄덕이며 헤어졌다.

하루 종일 원고 수정을 하느라 말도 거의 하지 않은 날이었다. 이야기가 터지지 않은 물꼬 앞에서 계속 헛발질을 해댔고, 밖에서 들려오는 소음이 신경을 긁어댔으며, 나의 부족한 공감 능력에 몇 번이나 머리를 쥐어뜯었다.

"엄마, 바빠?"

눈치를 보며 아이가 물었다.

"응. 집중 좀 할게."

나는 무표정한 얼굴로 툭 내뱉곤 고개를 돌렸다.

몇 시간 동안 한 번도 자리를 뜨지 않은 채, 마치 진공 상태에 들어간 것 같은 기분으로 글을 썼다 지우기를 무한 반복했다. 그러다 마침내 노트북 화면에 글자들의 행렬이 끝나고 흰 여백이 드러났다.

"휴……."

참았던 숨이 밀려 나오자 한껏 진해진 다크서클을 꾹꾹 누르며 몸을 일으켰다. 단단히 뭉친 어깨와 허리 근육이 당겨질 때마다 비명소리를 토해냈지만, 나는 그 찌릿한 감각이 싫지 않았다. 고단함이라 명명하기엔 어딘가 달콤한 데가 있어서였다.

저녁 산책길, 아이가 말했다.

"엄마, 내가 상상했던 작가는 말이야, 클래식 음악이 은은히 흐르는 방에서 향긋한 커피 향을 음미하며 글쓰기의 행복을 느끼는 사람이었어. 그러다 시간 여유가 되면 다른 작가의 책을 읽거나, 배낭을 메고 훌쩍 해외여행을 떠나고, 저녁노을을 보면서 감탄하는…… 그런 사람이었다고."

상상과 현실이 이렇게 달라도 되느냐는 듯 아이 목소리가 커졌다. 지친 눈자위를 지그시 누르던 나는 그 말에 크게 웃음을 터트렸다.

"세상에 그런 작가가 몇 명이나 될까?"

"SNS 사진들을 보면 모두 행복해 보이잖아."

아이 입이 툭 밀려 나왔다.

"SNS에 올라오는 근사한 장면은 삶에서 그리 흔하지 않아. 사진은 찰나만 담아내니까. 그런 사진을 볼 때는 그 사진을 찍기 전후와 사진이 찍히지 않는 순간들을 생각해야 해. 피곤한 얼굴로 고군분투하는 대부분의 시간들 말이야."

"아…… 보이는 게 전부가 아니구나? 그럼 찰리 채플린 말이 맞는 거지? 인생은 멀리서 보면 희극이지만, 가까이서 보면 비극이다!"

아이가 히죽 웃으며 한 말에 나도 바로 답해주었다.

"그래, 그 말이 진리야!"

49. 희망 찾기

　감옥에 갇힌 무기수가 있었다. 희망도 열정도 없을 법한데, 그는 다른 무기수들과는 확연히 달랐다.

　어느 날, 그는 교도소장에게 한 가지 부탁을 했다. 교도소 한 곳에 채소밭을 가꾸게 해달라는 것이었다. 다행히 교도소장이 허락했고, 그는 열심히 채소밭을 가꾸었다. 처음에는 소박한 채소 몇 가지뿐이었지만, 시간이 지날수록 예쁜 꽃들도 여기저기 피어났다. 수확을 할 때마다 그의 얼굴은 더욱 밝아졌고, 한 해 한 해 지날수록 열정도 커져갔다. 내친김에 그는 몸을 적극적으로 움직여 단련했다. 그러자 여기저기 그를 따라 하는 죄수들도 생겨났다. 그러는 사이 무기력과 분노, 우울감으로 가득 찼던 감옥에 활력이 넘치게 되었다.

그는 감옥에서 27년 동안 작은 희망을 줄기차게 이어갔다. 물론 그가 감옥에 있는 동안 가족들은 불행한 삶을 살았다. 어머니는 돌아가시고, 둘째 딸은 우울증에 시달렸으며, 아들은 교통사고로 죽었다. 그 절망의 시간에도 그는 부단히 희망을 발견하기 위해 애썼다.

그리고 어느 날 그의 첫째 딸이 아기를 낳았다며 그에게 손녀 이름을 지어달라고 부탁했다. 면회 온 딸에게 그가 종이를 내밀었다.

'희망'. 손녀의 이름이었다.

그 이름을 지은 사람이 바로 남아프리카 공화국의 첫 흑인 대통령 넬슨 만델라다.

과학자들이 쥐를 이용해 '생존 실험'을 했다. 빛 한줄기 들어오지 않는 암흑 속에서 물통에 빠진 생쥐들은 불과 3분만에 죽고 말았다. 반면 작은 빛이 들어오는 곳의 쥐들은 36시간이 넘어도 살아남았다. 차이점은 빛 한줄기뿐인데도, 빛 덕분에 700배 이상 오래 살아남은 것이다.

결국 그 실낱같은 빛 하나가 생존을 위한 희망이 된 셈이다. 그러니 우리도 아주 작은 희망 하나만 있다면 삶의 고비를 잘 넘길 수 있지 않을까?

삶의 우울을 극복하는 방법은 개인마다 다르다. 누군가는 맛있는 음식을 먹고, 누군가는 쇼핑을 한다. 또 누군가는 몸을 움직이거나 목청껏 노래를 부른다.

나도 다양한 시도들을 해보았다. 그중 내게 가장 잘 맞는 방법은 '노트 구입하기'다.

우울한 날이면 팬시점이나 다이소에 가서 마음에 드는 노트 두세 권을 산다. 안이 텅 비어 있는 노트를 구입하자마자 마음이 설레기 시작한다. 그리고 행복한 고민을 한다. 평소 관심 있던 분야 책을 읽고 정리할까? 필사를 할까? 아니면 일기를 쓸까?

노트를 사 들고 집으로 향할 때면 조금씩 우울감이 사라지기 시작한다. 집에 도착해 예쁜 펜으로 일단 뭐라도 쓰기 시작하면 나머지 우울감도 증발해버린다. 노트 제일 앞면에 '내가 하고 싶은 것, 내가 원하는 것, 내가 좋아하는 것'을 빼곡히 쓰기 때문이다.

그러다 보면 문득 깨닫는다.

내가 어떤 사람인지를.

나를 이해하면 내게 꼭 맞는 희망도 함께 찾을 수 있다.

삶의 우울에 굴복하지 말자. 우울이란 내가 나를 돌볼 시간이라는 것을 알려주는 신호일 뿐이다. 우울할 때마다 나를 방치하지 말고, 내게 정성을 쏟아보자. 내가 어떤 사람인지, 내가 무엇을 좋아하는지에 귀는 물론 마음까지 활짝 열고 들어주자. 그럼 나를 위한 희망 한줄기도 자연스레 발견할 수 있지 않을까?

50. 내가 좋아하는 일

　배연국이 쓴 『거인의 어깨를 빌려라』라는 책에 창무극의 대가 공옥진 씨의 이야기가 나온다. 6.25 전쟁 때 그녀는 총살에 처해질 위기에 놓였었다.

　갓 태어난 아기를 안고 피난길에 오른 그녀를 보고 누군가 소리쳤다.

　"저기 경찰 부인이 간다."

　그녀는 곧 처형대에 묶였고, 다음 순간 총살을 당할 참이었다. 마지막 순간에 그녀가 말했다.

　"소리나 한가락 하게 해주시오."

　노랫가락이 시작되자 사람들은 넋을 놓고 그녀를 바라보았다. 작별 인사를 담아 토해낸 그녀의 노래에는 한이 서려 있었다. 이윽고 노래가 끝났다. 그런데 아무도 총을 들어 올리지 못하고 있었다. 인민군 병사들이 눈물을 흘리고 있었기 때문이다. 결국 그녀는 남다른 재주 덕분에 목숨을 구했다. 그리고 죽음을 앞두고 부른 그 노랫가락을 통해 그녀는 살아 있는 동안 창무극에 열정을 쏟기로 결심했다.

사람들이 죽기 직전에 후회하는 것들은 무엇일까. 첫 번째가 '사랑하는 사람에게 고맙다는 말을 많이 했더라면'이고 두 번째가 '진짜 하고 싶은 일을 했더라면'이라고 한다.

자신이 진짜 하고 싶은 일이 무엇인지 모르겠다고 말하는 사람들이 많다. 그런데 아마 모르긴 몰라도 한 가지 일을 오랫동안 해온 사람들조차도 비슷한 고민을 할 것이다.

'내가 이 일을 정말 좋아하는 걸까?'

'이 일을 평생 할 수 있을까?'

'내가 좋아하는 다른 일이 있는 건 아닐까?'

이 질문에 대한 답을 얻으려면 방법은 한 가지뿐이다. 일단 해보기! 시도해보고 아니다 싶으면 방향을 선회하면 그만이다.

혹은 『최소한의 밥벌이』의 저자 곤도 고타로 기자처럼 두 가지 일을 동시에 해보는 건 어떨까? 자신이 좋아하는 글쓰기만으로는 완전한 밥벌이가 되지 않자, 그는 농사짓기에 도전했다.

농사와 글쓰기, 전혀 다른 이 두 가지 일을 동시에 하면서 그는 새로운 가능성을 엿보았다고 한다. 농사를 지으며 자연의 이치 앞에서 절로 겸손해졌고, 농사짓기를 글쓰기 주제로 활용하기도 했다. 또한 글을 쓴다고 몸을 움직이지 않아서 생기는 문제들은 농사가 말끔히 해결해주었다. 그리고 글쓰기는 혼자서 하는 작업이라 활발한 대인관계를 기대하기 힘든 반면, 농사짓기는 마을 사람들과의 교류 기회도 가져다주었단다.

나는 글쓰기를 좋아하지만 글쓰기만 하면서 평생 살 생각은 없다. 어쩌면 미래에 곤도 고타로처럼 농사를 지으며 글쓰기를 하는지도 모른다. 혹은 전혀 다른 분야의 일을 하면서 글을 쓸 수도 있을 것이다. 그렇다고 글쓰기만으로 충분한 밥벌이를 하는 사람들을 마냥 부러워하진 않을 생각이다. '나대로'의 밥벌이를 위해 방법을 찾다 보면 새로운 가능성을 덤으로 발견할 수 있을 테니까.

누구나 안정적인 삶을 위해 다양한 파이프라인을 꿈꾼다. 문제는 파이프의 크기가 모두 같을 순 없다는 것이다.

내가 진짜 하고 싶은 일이 작은 파이프라면, 파이프의 크기를 늘리려고 노력하는 것도 방법이지만, 크고 작은 또 다른 파이프를 찾는 것도 방법이지 않을까? 그리고 무엇보다 나만의 파이프를 찾기 위해서는 첫째도 시도하기, 둘째도 시도하기라는 걸 잊지 말아야겠다.

51. 실패의 교훈

알리바바 회장 마윈은 어릴 적부터 무수한 실패를 경험했다.

초등학교 때 중요한 시험을 두 번 실패한 것을 시작으로, 중학교 입학시험에도 세 번 실패했다. 대학 입학시험을 세 번 실패한 건 물론이고, 5명 중 4명을 뽑는 경찰 시험에서도 고배를 마셨다.

그런가 하면 중국에 KFC가 들어왔을 때 24명의 입사지원자 중 23명만 뽑았는데, 떨어진 단 한 명이 바로 마윈이었다. 어디 그뿐인가? 하버드에 총 열 번 지원해서다 떨어졌고, 사업을 시작하고도 늘 실패의 연속이었다.

그런 그가 젊은이들에게 전하는 한 가지 교훈은 단순명료하다.

'포기하지만 않으면 된다!'

그러기 위해선 일단 실패에 익숙해지라는 조언도 잊지 않는다. 실패에 낙담하고 포기하는 순간, 더 이상 발전을 기대할 수 없기 때문이다. 또한 실패 후에는 원인을 면밀히 분석하는 시간을 가지라고 한다. 그러지 않고 상황이나 사람에 대한 불평만 늘어놓으면 성장할 기회를 놓치고 만다. 그러니 불평을 내려놓고 그저 객관적으로 원인을 분석하는 노력을 기울이기만 하면 된다. 그럼 다음번 도전에서는 조금이라도 나아질 것이 분명하다.

　우리 아이는 지금껏 꽤 많은 공모전과 백일장에 참가했다. 언뜻 아주 많은 입상을 한 것처럼 보여서 주변인들 모두 신기해한다. 게다가 상장은 물론 상금까지 두둑이 받은 적이 많고, 부상으로 받은 선물들도 꽤 다양하다.

　그런데 그들이 모르는 사실이 하나 있다. 입상한 횟수보다 입상하지 못한 횟수가 5배나 많다는 것!

　한 번 입상했다면, 보이지 않는 다섯 번의 도전과 글쓰기가 있었다는 뜻이다. 달리 말하자면 다섯 번의 도전 덕분에 한 번 입상한 것이다. 가끔 아주 공을 들여 쓴 글이 탈락하는 경우도 있었다. 아이는 적잖이 속상해하며 다음 글을 쓸 의욕을 잃었다고 했다.

그런데 둘이서 머리를 맞대고 분석해보니 원인을 알 것도 같았다. 공모전 주제를 부각시키는 데 미흡했거나, 글의 형식이 너무 파격적이었거나, 그도 아니면 글이 신선하지 않았던 경우들이었다. 그래서 그다음부터는 공모전을 여는 목적을 분명히 인지하고 이전 입상작들을 읽어보며 미리 분위기를 파악하는 노력을 기울였다. 그런 노력 덕분에 입상 횟수가 늘었고, 덩달아 자신감도 높아졌다.

이제 아이는 탈락해도 크게 실망하지 않는다. 포기하지 않는다면 입상의 기회는 얼마든지 있다는 걸 알기 때문이다. 그리고 중요한 건, 입상에 상관없이 아이의 글쓰기 실력은 꾸준히 성장하고 있다는 사실이다.

실패를 거듭해도 좌절할 필요가 없다. 눈에 보이지 않는 결과들이 차곡차곡 쌓여가고 있으니 언젠가 탄탄한 내공을 보여줄 날이 반드시 올 것이기 때문이다.

52. 인생의 묘미

〈프로필 속 책 말입니다. 작가님이 직접 쓰신 건가요?〉

몇 달 전, 뜬금없이 SNS 메시지가 도착했다. 가끔 올라온 사진에 '좋아요'를 누를 뿐 일면식도 없는 동화작가가 보낸 것이었다.

〈네…… 제가 쓴 책입니다.〉

〈동화작가인데 성인 책을 내셨군요.〉

그 딱딱한 메시지에 담긴 뜻을 추측해내느라 머릿속이 뒤엉켰다. 동화작가의 이미지를 구겼다고 비난하려는 걸까? 아니면 단순한 호기심? 그도 아니면 다른 의도가 있는 건가?

〈010-XXXX-XXXX 제 휴대폰 번호입니다. 전화 좀 주시겠습니까?〉

곧이어 도착한 메시지에 심장이 덜컥 내려앉았다.

〈혹시 제게 궁금한 점이라도 있으신가요……?〉

힌트라도 달라는 듯 내가 조심스레 물었다.

〈네, 궁금한 게 있습니다. 전화 주십시오.〉

후끈 달아오른 속을 달래려 물 한 컵을 벌컥벌컥 마시고 전화를 걸었다.

"여보세요…… 작가님?"

침을 꼴깍 삼키고 그의 대답을 기다렸다.

"아, 신은영 작가님? 반갑습니다."

잔뜩 긴장한 채 방어 태세를 갖췄던 몸이 그의 호탕한 목소리에 느슨해졌다.

"네…… 무슨 일로……?"

"동화작가 중에 이렇게 다채로운 책을 쓰시는 분이 있다는 걸 알고 깜짝 놀라서요. 정말 대단하십니다!"

팽팽하게 당겨졌던 눈매에서 힘이 빠져나갔다. 같은 동화작가로서 대견하다는 격려의 말을 한 후, 그는 다양한 분야로 뻗어나가라는 조언을 덧붙였다.

"작가님은 잠재력이 무궁무진하십니다."

그 말을 듣는 순간, 개별성에 집중하는 것이 바로 이런 거구나라는 생각을 했다. 한 사람이 가지고 있는 고유한 강점과 스토리에 집중하는 일! 그건 단순히 재능을 끌어내는 일일 뿐만 아니라 한 사람을 완전히 새로운 곳으로 이끄는 힘이기도 할 것이다.

난생처음 멘토라도 만난 사람처럼 들뜬 나는 궁금한 점을 연신 물어댔다. 그러다 급기야 내가 구상한 일에 대한 조언도 얻고 싶어졌다.

"작가님, 제가 생각하고 있는 게 있는데요. 혹시 들어보시고 어떤지 말씀 좀 해주시겠어요?"

"그럼요. 얼른 말해보세요."

"블로그로 책 쓰는 방법을 코칭해볼까 해요. 이웃님들 중 몇 분만요……."

"좋죠. 근데 뭐가 문제인가요?"

가라앉은 내 목소리와는 달리 그의 목소리는 가볍게 공중을 날고 있었다.

"괜한 일을 하는 건 아닌가 하는 걱정이 앞서서요…… 제 글 쓸 시간도 줄어들고, 괜히 문제가 생기면 머리만 복잡해지니까……."

변명을 늘어놓듯 나는 자잘한 걱정거리들을 펼쳐 보였다.

"작가님!"

그가 단호하게 불렀다.

"네?"

"뭐든지 해보세요!"

겁쟁이인 걸 들켜서 민망해진 사람처럼 내 고개가 톡 꺾여 내려갔다.

"뭐든지요?"

"네, 뭐든지요! 뭐든지 하다 보면 처음 상상했던 것과는 전혀 다른 곳에 도착할 거예요. 그게 인생의 묘미죠!"

그의 말이 내 등을 휙 떠밀었다. 발에 차이던 걱정들도 순식간에 날아갔다.

"네! 해볼게요!"

그 후 '블로그로 책 쓰기 코칭'을 시작했다. 첫날에는 글 한 편을 여러 번 읽으며 분석하고 피드백을 주느라 정신이 없었다. 상대의 기분을 상하게 할 만한 말은 없는지, 적당히 우회적으로 표현했는지를 자체 검열하느라 신경이 곤두섰다.

며칠 지나자 문득 글에 담긴 그들의 고유성이 마음속으로 훅 들어왔다.

'그래, 이분 참 힘들었겠다⋯⋯.'

'이분 글은 행간에 더 많은 말들이 들어차 있구나⋯⋯.'

한 편씩 글을 읽을수록 복잡한 감정이 차오르더니 결국

그 동화작가의 말에 가닿았다.

"뭐든지 하다 보면 처음 상상했던 것과는 전혀 다른 곳에 도착할 거예요. 그게 인생의 묘미죠!"

나도 그들도 도착지가 어딘지는 아무도 모른다. 크고 작은 걱정과 두려움에도 불구하고 일단 한 걸음씩 옮길 뿐이다. 기대와 전혀 다른 곳에 닿는다 해도 그 또한 우리의 스토리가 될 것이다. 그러니 이제 걱정을 내려놓고 다가올 인생의 묘미를 기대하며 흠뻑 몰입해봐야겠다.

53. 당신을 좋아하나요?

나는 어린 시절부터 비교적 단호한 말투를 써왔다. 그래서 주변인들에게 '소신이 있다'라는 평가를 받곤 했다. 그런데 나이가 들어감에 따라 그 말투가 걸림돌이 되기 시작했다. 내 말투 때문에 상처를 받았다는 사람들이 하나둘 늘어갔기 때문이다. 말의 내용이 아니라 형식 때문에 상처를 받는다는 것이 처음에는 선뜻 이해가 되지 않았다. 왜 알맹이는 보지 않고 포장지만 보느냐고 항변하기도 했다. 그러다 심각하게 고민하기 시작했다.

'나는 왜 단호한 말투를 쓰는 걸까?'

어릴 때부터 나는 불안이 높았다. 물리적인 환경은 물론, 정서적으로도 상당히 불안했다. 현실적으로 내 불안을 다독여줄 사람이 주변에 없으니, 나 스스로 할 수 있는 일이라곤 심리적인 '안전벽'을 쌓는 일뿐이었다. 그 벽

너머에 몸을 웅크리고 있으면 그나마 포근하고 안전한 것 같았다. 누군가 다가와 벽 앞에 서면 '딱, 거기까지만!'이라고 큰 소리를 질러버렸다. 그럼 누구든 서성이다 발길을 돌리곤 했다.

불안증이 말에 담기면 그게 곧 '단호한 말투'가 되는 것 같았다.

"아니야!"

"절대 그럴 리 없어!"

"그건 완전히 틀렸어!"

이렇게 단호하게 말하고 나면 나를 둘러싼 세상이 그나마 명확해져서 불안이 줄어들었다.

그런데 문제는 그런 단호한 말투는 늘 '부정적인 언어 습관'으로 이어진다는 것이다. 만약 단호하게 긍정의 말들을 쏟아냈다면 모르긴 몰라도 그때부터 인생이 완전히 달라졌을 것 같다.

"맞아!"

"절대적으로 이뤄질 거야!"

"그거 진짜 좋아!"

이렇게 단호하게 긍정의 말을 쓴다면 얼마나 좋을까!

『학습된 낙관주의』의 저자 마틴 셀리그먼은 낙관적 언어 습관이 인내력의 열쇠라고 했다. 그 대목을 읽는 순간, 나는 소름이 돋고 말았다. 인내력이 부족한 이들은 단순히 의지가 부족한 것이 아니라 부정적인 언어 습관을 가지고 있다는 뜻이기 때문이다.

예전의 나는 인내심을 제대로 발휘하지 못하는 나를 책망하고 단호한 부정형 말들을 사용했다. 안전벽 안에 몸을 웅크린 스스로를 다독이기는커녕 늘 몰아세우기 바빴다.

하지만 이제 더 이상 그러지 않는다. 나는 과연 왜 달라졌을까?

나는 예전보다 나 자신을 좋아하게 되었다. 외부로부터 안정감을 찾기보다 나 스스로 내면의 안정감을 찾기 위해 부단히 노력해온 덕분이다.

에라스무스는 이렇게 말했다.

"자기 자신을 미워하는 사람이 다른 사람을 사랑할 수 있는가? 자신과 싸우는 사람이 다른 사람과 화합할 수 있는가? 자신을 짐스러워하는 사람이 다른 사람을 기분 좋게 할 수 있는가?"

나 스스로를 사랑하지 못하면 결국 어떤 성취도 기대할

수 없고, 설사 성취를 얻었다고 해도 큰 만족감을 느낄 순 없다. 그러니 성취에 앞서 스스로를 보듬어주는 노력이 필요한 법이다.

양창순 작가의 『나는 까칠하게 살기로 했다』에 이런 에 피소드가 나온다. 어느 날 저자가 강연장으로 가기 위해 엘리베이터를 탔다. 엘리베이터 안에서 20대 직장인 여 성 두 명이 대화를 나누고 있었다.

"이번 강의 내용이 뭐래?"

한 여성이 묻자, 다른 여성이 툭 내뱉었다.

"아마 모르긴 해도 나 자신을 사랑하자, 뭐 그런 이야기 아니겠어?"

둘은 마주 보고 웃음을 터트렸다. 다행히 그날 저자의 강의 주제는 나를 사랑하자가 아니었단다.

그런데 그렇게 무수히 듣고 읽었던 주제, '나 자신을 사 랑하자'를 과연 얼마나 많은 이들이 실천하고 있을까? 그 기본적이고 당연한 삶의 가르침을 말이다.

예전에 누군가 내게 말했다. 본인은 자신이 참 싫다고. 나는 깜짝 놀라 상대의 장점을 나열해주었다. 하지만 상 대는 내 말을 가벼운 위로라 생각하며 새겨듣지 않았다. 그러곤 내게 물었다.

"당신은 당신을 좋아하나요?"

"네, 예전에는 싫었는데요. 이제 참 좋아요."

나도 모르게 이런 대답이 나왔다. 물론 상대는 끝내 내가 말해준 자신의 장점을 마음으로 받아들이지 않았고, 그 후로도 내내 자신을 못마땅해하며 살고 있다.

오늘부터 긍정의 언어 습관을 위해 노력해보면 어떨까? 그럼 인내심이 생기고, 인내심을 발휘한 내가 기특해지고, 결국엔 나를 더 사랑하게 될 것이다. 그리고 가끔씩 스스로에게 질문해보자.

'내가 나를 열렬히 사랑해주지 않으면 대체 누가 나만큼 날 사랑해줄까?'

54. 완벽함과 허술함 사이

저녁 시간, 트랙 위에는 경쾌한 걸음을 옮기는 사람들의 꼬리잡기가 이어졌다. 나는 밤하늘을 올려다보며 며칠 내로 만날 보름달의 완벽함을 생각하는 중이었다. 커다란 동그라미를 색칠하는 즐거움이 내 마음까지 훤히 밝히자, 그 찰나야말로 드문드문 만나는 삶의 완벽한 순간들인 것만 같았다.

공원 입구로 한 남자가 갈색 강아지와 걸어오고 있었다. 의무적인 밤 산책이 아닌 서로에게 기쁨이 되는 시간인 것처럼, 남자도 강아지도 활력이 넘쳐 보였다. 목줄이 길게 늘어나는 일 없이 둘의 발걸음이 착착 맞아떨어졌다.

"여기야!"

강아지에게 트랙을 소개하듯 남자의 목소리가 들떴고, 강아지도 알아들은 듯 트랙을 지그시 바라보고 있었다.

"자, 걷자!"

남자가 줄을 당기자 가벼운 발걸음으로 둘이 걷기 시작
했다. 강아지를 바라보며 연신 웃음꽃을 터트리는 남자
얼굴에 대견함이 묻어났다. 그 마음을 아는지 강아지 발
걸음도 더 날쌔지고 있었다.

"뛰자!"

가로등 불빛 아래를 지날 때마다 남자의 하얀 운동복이
근사하게 빛을 냈고, 강아지의 갈색 털도 매끈하게 출렁
였다. 로맨틱 청춘영화의 싱그러운 한 장면을 구경하듯
내 시선은 그들을 따라 움직였다. 그러면서 완벽한 동그
라미를 보여줄 보름달보다 남자와 강아지가 훨씬 더 완벽
에 가까울지 모른단 생각을 했다.

잠시 후, 한 여자가 하얀 강아지와 함께 트랙 쪽으로 다
가왔다. 척 보기에도 강아지는 호기심이 많아 보였고, 여
자는 온종일 달라붙은 찌뿌둥함을 털어내고 싶어 안달이
난 것 같았다. 목줄을 쓱 당기는데도 강아지는 공원 정자
근처를 탐색하느라 정신이 없었다.

"이리 와!"

줄을 핵 당기며 여자가 말했다. 앞발에 힘을 바짝 준 강

아지가 제법 버티는가 싶더니 이내 여자 쪽으로 당겨졌다.

"좀 걸어!"

왜 약속을 지키지 않느냐는 힐난이 섞인 말투였다. 트랙 위로 줄을 당기는 여자와 버티는 강아지 사이에 목줄이 길게 늘어났다. 그사이 남자와 갈색 강아지가 완벽한 호흡을 뽐내며 여자 곁을 지나쳤다. 여자의 시선이 남자를 거쳐 버티는 강아지 쪽으로 휙 날아갔다.

"이리 오라고!"

목소리가 높아졌는데도 강아지는 걸을 기분이 아니라는 듯 몸을 틀었다. 서로 반대 방향으로 고개가 톡 꺾였고 그럴수록 목줄은 최대 길이로 늘어났다 척, 하고 멈추는 소리를 냈다. 트랙 위에서 제대로 걷지도 뛰지도 못한 여자가 눈썹을 찡그리며 강아지에게 다가가 몸을 숙였다. 그러곤 한 손으로 강아지 턱을 잡고 눈을 맞췄다.

"걸어야지. 산책 나온 거잖아."

돌아가는 강아지 고개를 끌어와 다시 단단히 눈을 맞춘 후, 여자가 목줄을 휙 당겼다. 그쯤 되자 강아지도 어쩔 수 없다는 듯 트랙 위를 걷기 시작했다. 물론 속도도 방향도 아주 완벽하진 않았지만 걷기에 성공한 것만으로도 감격스러웠는지 여자가 고개를 끌어올리며 즐거워했다.

그 와중에 남자와 갈색 강아지가 저벅저벅, 완벽한 걸음 소리를 내며 내 곁을 지나갔다. 그런데 잠시 후, 이번엔 남자와 갈색 강아지 이들 둘이 불협화음을 내기 시작했다. 더 뛰자는 남자와 달리 강아지는 피곤하다는 신호를 보내고 있었다. 두어 바퀴만 더 돌고 집에 가자 회유하는 듯 남자가 강아지에게 뭐라고 중얼거렸다. 그런데도 그리 혹할 만한 제안이 아니라는 듯 강아지 고개가 서서히 돌아갔다. 바닥에 엉덩이를 내려놓은 강아지를 향해 남자가 답답하다는 시선을 쏘아댔다.

벌써 한 바퀴를 돌고 온 여자와 하얀 강아지가 남자 뒤를 스쳐 지나갔다. 남자에게서 완벽함을 건네받은 듯 여자의 어깨가 솟아올랐다.

그들의 모습을 흥미롭게 관찰하던 나는 어느새 보름달의 완벽함도 잊어버리고 허술함의 매력에 푹 빠져들었다. 완벽함은 완벽함대로, 허술함은 허술함대로 재미있다 생각한 순간, 완벽함과 허술함이 조화를 이룬 이야기가 떠올랐다.

옛날 런던에 한 유대인이 소유한 고급 맨션이 있었다. 화려한 건물의 처마 끝에 미려한 장식이 있었는데, 이상하게 그 부분만 마무리를 하지 않은 채였다. 완벽한 집에 허술한 처마 장식을 이해할 수 없었던 사람들은 늘 그 이유가 궁금했다. 알고 보니 그 허술함은 조상의 지혜를 되새기려는 유대인 주인의 의도였다.

'미완성의 부분을 꼭 남겨두도록! 그리하여 아브라함과 같이 우리는 이 지구상에 순례자이며 잠시 들렀다 가는 것임을 증거하라.'

애써 완벽에 이르기보단 허술함을 통해 지혜를 구하는 자세가 무척 인상 깊었고, 덕분에 나는 처음으로 완벽함과 허술함이 조화를 이룬다면 참 좋겠다라는 생각을 했다.

어느새 여자와 하얀 강아지의 완벽한 호흡은 다시 남자와 갈색 강아지에게로 되돌아간 것 같았다. 여자가 목줄을 당기는 사이 남자와 강아지가 신나게 옆을 지나갔다. 그때, 강아지의 고집에 여자가 끝내 헛웃음을 터트리고 말았다. 그건 완벽한 호흡을 포기하고 허술함을 선택한 웃음 같기도 했다.

나는 그들이 보여준 완벽함과 허술함, 거기에 더해진 여자의 웃음소리 덕분에 한껏 즐거워졌다.

'너무 완벽해도, 너무 허술해도 재미없구나. 완벽함에

묻은 허술함을 통해서도, 허술함에 묻은 완벽함을 통해서도 의미를 발견할 수 있다면 삶이 훨씬 재미있어지지 않을까? 그리고 가능하면 완벽하지 않은 것에서 더 열심히 의미를 찾으며 살아야지!'

55. 당신의 도구 상자

소설가 스티븐 킹이 어렸을 때 이야기다. 어느 여름날, 방충망이 망가져 목수인 이모부가 수리하기로 했다. 잠시 후, 이모부는 상당히 무거운 도구 상자를 들고 왔다. 스티븐 킹은 호기심 어린 눈길로 이모부를 구경했다. 이모부가 도구 상자에서 드라이버를 꺼내달라고 부탁하자 그는 기꺼이 도와주었다. 한참 만에 드라이버 하나로 작업을 모두 끝내자 지켜보던 스티븐 킹이 고개를 갸웃거리며 말했다.

"애초에 드라이버만 들고 오면 편했을 텐데……."

"어떤 도구가 필요한지는 막상 일을 해봐야 알 수 있어. 그래서 늘 모든 도구를 가지고 다니는 게 좋지. 안 그럼 막상 일이 닥쳤을 때 곤란해지거든."

이모부의 말이 스티븐 킹에게 큰 자극을 주었다. 그는

이 경험을 삶의 모든 분야에 적용시킬 수 있다고 생각했다. 어떤 분야에 있든 자신만의 도구 상자를 가져야 한다는 것이다. 또한 그 도구 상자를 가지고 다닐 만한 튼튼한 근육도 키워야 한다. 목수가 자신의 도구 상자를 가지고 있듯이 스티븐 킹도 글쓰기 도구 상자에 재료를 담는 일을 꾸준히 한다고 밝혔다.

가만히 생각해보면 우리 모두 자신만의 도구 상자를 하나쯤 가지고 있다. 지식이나 기술, 하물며 인간관계까지 무엇이든 특별한 '필살기'가 될 수 있는 것이다. 그러고 보니 나도 나만의 도구 상자를 가지고 있다. 특히 글쓰기 도구 상자에 다채로운 도구들이 들어 있어 자기계발서, 에세이, 동화까지 다양한 분야 책을 출간할 수 있었다.

언젠가 우리에게 아주 큰 기회가 올지 모른다. 삶을 획기적으로 변화시키거나, 커다란 성장을 가져올 기회 말이다. 그런데 막상 기회가 왔을 때 제대로 잡지 못한다면, 다음번 기회는 언제 올지 기약할 수 없다.

그러니 평소에 늘 준비하는 습관이 필요하다. 물론 작은 도구를 손질하는 일이 하찮아 보일지 모른다. 하지만 녹슬지 않게 닦고 또 닦다 보면 어느새 도구의 크기도 제법 커지고 쓰임도 많아질 것이다. 뿐만 아니라 언제든지 꺼내 쓸 수 있는 다양한 도구들을 옮길 수 있는 근육도 덤으로 얻을 수 있지 않을까?

왜 나에게만 기회가 오지 않느냐고 불평하는 대신, 자신만의 도구를 모으고, 손질하는 게 어떨까? 반짝반짝 윤이 나는 도구가 갖춰질수록 기회를 잡을 가능성 또한 높아질 테니까 말이다.

56. 슬픔의 바닥 쓸기

법정 스님에 관한 유명한 일화가 있다.

한 여인이 아들을 허망하게 잃고 49재를 마쳤다. 여인
과 법정 스님이 식사를 하는 동안 분위기는 무겁게 가라
앉았다. 여인의 동작엔 슬픔이 흘러넘쳤고, 입에선 아들
에 관한 이야기가 줄기차게 쏟아져 나왔다. 그러는 동안
법정 스님은 가만히 듣기만 했다. 이쯤에서 스님의 조언
이 나오지 않을까 하는 주변의 예측에도 불구하고 스님은
여인에게 온전히 집중한 채, 좀처럼 입을 열지 않았다. 그
저 여인 앞으로 반찬을 끌어다 주고, 더 먹으라고 권하며
이야기를 듣기만 할 뿐이었다.

잠시 후, 주변인들은 감히 끼어들 수 없는 둘만의 팽팽
한 공기가 느껴지기 시작했다. 분명 모두 한 공간에 있었
지만 그 둘만 특별히 연결된 듯한 묘한 기류였다. 스님의

강렬한 위안이 여인 주변을 따뜻하게 감싸 안은 것이다.

마침내 식사를 마치고 모두가 절 마당으로 나섰다. 방금 전까지 죽어가던 생명이 소생한 듯 여인의 얼굴에 생기가 돌기 시작했고, 눈에는 감사의 눈물이 맺혀 있었다.

그 무언의 시간 동안 여인은 어떻게 위안을 받은 것일까?

아주 오래전, 친구와 호프집에 앉아 있을 때였다. 스피커에서는 시끄러운 랩이 흘러나오고 뒤 테이블에서는 젊은 남자들의 가벼운 농담이 이어지는 중이었다. 우린 웃으며 이런저런 이야기를 나누었다.

웃을 때 드러나는 입매가 보기 좋아서 나는 친구가 늘 웃었으면 싶었다. 하지만 기대와 달리, 이야기를 나누던 중 그 입매가 조금씩 아래로 당겨지는 게 보였다. 나는 직감적으로 알아챘다. 친구가 곧 슬픔의 바닥까지 내려갈 참이란 걸.

나는 늘 생각했다. 행복에는 높다란 '천장'이, 슬픔에는 깊은 '바닥'이 있다고. 그러니 친구가 행복에 겨워 천장에 가닿으면 나도 기꺼이 뛰어올라 함께 천장을 치며 기뻐해 주고, 친구가 슬픔에 나부껴 바닥에 가닿으면 나도 기꺼이 아래로 내려가 함께 바닥을 쓸어주어야 한다고.

친구의 낮은 읊조림에 눈물이 서려 있었다. 나는 그녀의 들어 올려진 눈꺼풀 아래 까만 눈동자를 가만히 들여다봤다. 커다란 슬픔을 꺼내놓는 그녀가 아래로 자꾸만 내려가고 있었다. 내가 미처 상상하지도 못할 만큼 모질고 거친 슬픔이라 친구는 마치 아들을 잃고 막 49재를 끝낸 여인처럼 보였다. 순간, 나는 법정 스님이 그랬던 것처럼 친구에게 온전히 집중하기로 마음먹었다.

잠시 후, 주변의 소음들이 들리지 않았다. 누군가 커다란 붓에 투명한 물감을 묻혀 친구와 나의 실루엣에 테두리를 칠하기 시작했다. 마침내 붓이 멈추자 그 시간 그 공간 속에 오직 그녀와 나만 존재했다.

어떤 방해물도 없이 친구가 슬픔의 바닥에 안착했다. 그리고 기다란 빗자루를 들고 바닥에 쌓인 슬픔을 쓸었다. 나도 빗자루를 들고 조용히 바닥을 쓸었다. 슬픔이 쌓인 바닥은 넓고도 깊어서 한참을 쓸고 또 쓸어야 했다. 그러다 친구가 빗자루를 내려놓고 위로 떠올랐다. 나도 친구를 따라 올라갔다.

슬픈 여인과 법정 스님이 평온한 얼굴로 절 마당으로 나왔듯, 친구와 나는 말간 얼굴로 지하철역으로 갔다. 헤어지기 전, 나는 친구의 손을 잡았다. 그리고 속으로 이렇게 말했다.

'네가 행복에 겨워 천장을 두드리면 내 기꺼이 함께 두드리마. 네가 슬픔에 겨워 바닥을 쓸면 내 기꺼이 함께 쓸어주마. 수백 마디 위로의 말보다 슬픔의 바닥을 쓰는 일이 위안이 된다면, 그 또한 수백 번 함께 해주마.'

내가 좋아하는 그 입매가 원래의 편안한 자리로 돌아왔다. 그날 내가 한 일이라곤 그저 친구의 슬픔을 함께 쓸어준 것뿐이었다. 닳고 닳은 위로의 말 한마디 없이, 그저 마음을 다해 귀를 기울이기만 했다.

이후, 친구가 말했다.

"내 이야기를 들어줘서 고마워."

그런데 그 친구는 알까? 그날 투명한 실루엣에 에워싸여 특별한 시간과 공간 속에 있던 순간, 그녀가 얻은 위안만큼 나도 커다란 위안을 얻었다는 걸. 누군가에게 건네는 위로는 상대뿐 아니라 나까지 살린다는 걸. 그녀가 또다시 슬픔의 바닥을 쓸면, 그 옆에서 말없이 비질을 할 사람이 나란 걸. 친구는 알고 있을까?

57. 강점 살리기

자신의 강점과 약점을 제대로 아는 사람이 얼마나 될까?

나는 대학생 때 다양한 아르바이트를 했었다. 물론 흡족한 경우보다 마음에 들지 않았던 상황이 더 많지만, 그 경험들을 통해 나의 강점과 약점을 정확하게 알게 되었다.

한번은 옷가게에서 아르바이트를 한 적이 있다. 손님이 들어오자 반갑게 인사를 건네며 환하게 웃었다. 거기까지는 아무 문제가 없었다.

나는 행여 손님이 부담을 느낄까 걱정되어 "혹시 찾으시는 옷이 있으면 말씀해주세요."라고 말하고는 멀찍이 떨어져 기다렸다. 점원의 부담스러운 권유 없이 옷을 구경하는 편이 나을 것 같았기 때문이다.

하지만 사장 입장은 크게 달랐다.

"그렇게 소극적인 태도라면 하루 종일 옷 한 벌도 못 팔

거야. 손님이 들어오는 즉시 딱 달라붙어야 해. 눈치껏 원하는 디자인을 열심히 권해야 한다고. 가능하면 더 비싼 옷으로 말이야!"

나는 할 수 없이 손님들 주변을 맴돌았다. 손님이 옷 하나를 유심히 보고 있으면 조금 더 비싼 옷을 권했고, 어울리지 않는 옷을 구입하는 손님에게는 어울린다는 거짓말도 했다. 그럴수록 목소리가 기어들어가고 양심이 쑤셔대는 건 어쩔 수 없었다. 날이 갈수록 생기를 잃어가던 나는 결국 며칠 만에 보기 좋게 잘리고 말았다.

그 외에도 다양한 서비스직 아르바이트를 했지만 비슷한 이유로 매번 사장들의 잔소리를 들어야 했다.

그러다 어느 날, 우연한 기회에 방문 교사로 일하게 되었다. 아이 교육 외에도 학부모를 상대하는 일이라 피곤하고 힘들 거라며 주변에서 다들 말렸다. 하지만 신기하게도 그 일은 내 적성에 꼭 맞았다. 혼자 하는 일이라 좋았고, 어떻게 하면 좀 더 재미있게 가르칠까 연구하는 것 또한 즐거웠다. 정해진 시간에 아이 한 명만 가르치는 일이니 크게 힘든 일도 없었다. 게다가 열심히 한 덕분에 학부모님들의 신임을 얻어 학생 수도 점점 늘어났다.

누구나 강점과 약점을 가지고 있다. 나는 손님들에게 적극적으로 물건을 권하거나, 야무지게 음식을 장식하거나, 센스 있게 주문을 받는 일에는 전혀 소질이 없다. 그런 일을 할 때마다 사장들에게 잔소리를 들었고 내가 하찮고 무능한 사람이 되는 것 같았다. 하지만 누군가를 가르치는 일, 혼자 준비하는 일, 특정 분야를 연구하는 일에는 자신 있었기에 방문 교사가 제격이었던 셈이다.

누군가는 강점을 무시하고 약점을 극복하는 일에만 매달린다. 또 누군가는 자신의 강점을 강점으로 인정하지 않거나, 이를 발전시키는 데 열성을 쏟지 않는다. 보다 나은 사람으로 성장하고 싶다면 강점에 집중하는 게 좋다. 그러기 위해서는 다양한 일들을 경험해보고 실패도 해보아야 한다. 그 과정에서 우연히 발견하는 나의 강점이야말로 나를 제대로 세워줄 핵심 키워드가 될 것이기 때문이다.

58. 사계절을 지나보세요

정확한 5:5 가르마에서 뻗어 나간 머리카락이 그 아이의 이마에서 동그란 아치를 만들곤 아래로 뚝 떨어졌다. 빗질을 얼마나 정성스레 했는지 삐죽 튀어나온 머리카락 하나 없이 표면이 매끈하게 반짝였다. 그런데 그 모양은 성실함의 결과라기보다는 멋을 내기 위한 '일탈'에 가까워 보였다.

"안녕, 오늘부터 함께 공부할 선생님이야."

방문 교사로 처음 그 집에 들어선 날, 겨울바람의 매서움이 집 안까지 따라붙어 어깨를 덜덜 떨리게 만들었다.

"안녕하세요!"

교복 치마를 위로 바짝 당겨 입은 아이가 강렬한 눈빛을 숨기지 않고 인사했다.

"엄마는 어디 계시니?"

"일하러 가셨어요. 이 시간엔 늘 저 혼자예요."

정리 안 된 집안 풍경에 '혼자'라는 말까지 더해지자 측은한 마음이 슬쩍 스몄다.

"자, 오늘은 첫날이니까 간단한 단어와 문장 테스트를 할 거야."

내 말이 끝나자마자 아이가 휴우우우우, 하며 땅이 꺼져라 한숨을 내쉬었다.

"왜? 영어 싫어해?"

"아뇨. 그게 아니라……."

방금 전 강렬한 눈빛은 싹 지워버리고, 어느새 어린애 같은 얼굴로 입술을 삐죽 내밀었다.

"그럼 왜 그러는데?"

"제 별명이 뭔지 아세요?"

"글쎄…… 뭔데?"

"돌대가리요!"

너무 진지한 얼굴로 말하길래 차마 웃지도 못하고 나는 입술을 꼭 깨물었다. 그러곤 이내 인자한 선생님 얼굴로 상냥하게 말했다.

"머리가 좋지 않아도, 기억력이 나빠도, 노력하면 성적은 오르는 거야. 자, 여기 단어 열 개 지금 외워보렴."

다시 반짝이는 눈빛을 되찾은 아이가 5분 동안 기초 단어 열 개를 열심히 외우기 시작했다.

"자, 이제 선생님이 하나씩 부르면 쓰는 거야."

내 말이 끝나기 무섭게 연필을 쥔 아이 손에서 스르르 힘이 빠져나가는 게 보였다. 내가 단어를 부르면 부를수록 아이 몸이 책상으로 푹푹 가라앉았다. 그러다 마지막 단어를 불렀을 땐, 아예 머리가 책상에 착 달라붙어 별명에 걸맞은 기운을 뿜어댔다. 잠시 후, 채점을 마친 나는 허망한 표정으로 입맛을 다셨다.

"학교 수업 시간에는 뭘 하는지 물어봐도 될까?"

"자요!"

당연한 질문을 왜 하느냐는 목소리로 아이가 대답했다. 당황한 나는 표정 관리가 힘들어 한참 애를 먹다가, 다시 인자한 선생님 얼굴로 이런저런 희망의 말들을 늘어놓았다.

힘들게 수업을 마치고 그 집을 나서며 곧장 지사장에게 전화해 이렇게 말했다.

"제가 가르쳐본 아이들 중에서 가장 심각한 아이예요. 도저히 못 가르칠 것 같아요!"

"신 선생님, 그런 아이들이야말로 관리가 필요한 거죠. 성적이 쑥쑥 오를 일만 남았으니까 일단 좀 더 해봐요. 그리고 그 아이 엄마를 만나보면 더 가르치고 싶어질걸요?"

할 수 없이 겨울 내내 찬바람을 뚫고 그 아이를 만나러 다녔다. 그런데 그때마다 찬 서리를 된통 얻어맞은 기분으로 집으로 돌아오며 늘 같은 말을 중얼거렸다.

'아무리 노력해도 안 되는 아이가 틀림없어. 얼른 다른 선생님한테 맡기면 소원이 없겠네.'

훈풍이 불어오는 봄이 되었다. 세상을 알록달록하게 물들이는 꽃들을 구경하다 그 집에 들어섰다. 겨우내 한 번도 볼 수 없었던 아이 엄마가 그날 처음 나를 반겼다.

"선생님!"

고개 숙여 인사하려던 나를 와락 껴안으며 그 엄마가 소리 내어 울기 시작했다. 나는 큰 죄라도 지은 사람처럼 입을 쩍 벌리고 전해오는 흐느낌의 진동을 고스란히 느끼며 서 있었다.

"어머니…… 왜 우세요? 무슨 안 좋은 일이라도……?"

"그게 아니라…… 우리 혜정이가 공부를 하겠대요. 선생님! 혜정이는 한 번도 공부하겠단 말을 한 적이 없어요. 그저 공부가 싫다, 학교를 그만둬야겠다, 공부해서 뭐 하느냐, 이런 말만 했다고요. 근데 처음으로 잘하든 못하든 공부를 하겠대요. 이게 다 선생님 덕분이에요."

순간 날카로운 칼날이 내 양심을 사정없이 찌르는 것만 같았다. 어찌나 아프던지 진심으로 사과하고 싶은 마음이 들 정도였다.

'어머니, 제가 혜정이를 얼마나 답답하게 생각하는지 아세요? 지사장에게 도저히 못 가르치겠다 말한 게 적어도 열 번은 넘는데…… 별명이 그냥 지어진 게 아니구나 생각한 것도 수십 번인데…… 매번 이 집에 오면서 오늘이 마지막이길 기도하는데…… 그것도 모르시면서…… 제 덕분이라고 말씀하시면 어쩌나요.'

입 밖에 내지 못한 말들이 속에서 빙빙 원을 그렸다.

"선생님 정말 감사해요."

눈물범벅이 된 얼굴로 아이 엄마가 내 손을 덥석 잡고 머리를 조아렸다.

"어머니, 아니에요. 저는 한 일이 없는걸요. 진짜예요!"

마치 내 잘못을 용서해달라 애원하는 사람처럼 나는 그 엄마보다 더 아래로 머리를 끌어당겼다. 그러다 굽혀진 허리를 타고 찌릿한 기운이 솟구치자 눈물이 터지고 말았다.

"어머머, 선생님 울지 마세요. 선생님도 우리 혜정이가 대견해서 그러시죠? 앞으로 더 열심히 할 거니까 계속 잘 부탁드려요."

그날, 우린 그렇게 서로 다른 이유로 눈물을 찍어대며 덩달아 훌쩍이는 혜정이를 쳐다봤었다.

겨울을 지나오는 동안 혜정이는 조금씩 발전했고, 봄이 되었을 때는 기초 단어들을 정확하게 쓸 수 있게 되었다. 물론 여전히 집중력도 끈기도 부족했지만 공부가 재밌어졌다며 수줍게 말하는 모습이 대견스럽기만 했다.

봄을 지나 여름이 되었을 때 높게 오른 혜정이 시험 점수에 모두가 놀랐고, 혜정이 엄마는 나를 끌어안고 기쁜 듯 서러운 듯 또다시 울음을 토해냈었다.

찬 서리가 내리던 그 겨울에 혜정이를 포기하지 않아서 얼마나 다행인가! 만약 그랬다면 혜정이를 그저 별명이 '돌대가리'인 아이로 기억할 뻔했으니 말이다.

혜정이 덕분에 나는 한 계절로 사람을 평가하지 않게 되었다. 고작 한 계절로 그 사람을 알아봤자 얼마나 알 수 있을까 싶어서다. 꽁꽁 얼어붙은 겨울을 지나봐야 진가가 드러난다는 것, 파릇한 봄에 가능성을 내보인다는 것, 찬란한 여름에 환한 꽃을 피어 올린다는 것, 풍성한 가을에 열매를 맺는다는 것, 그 모든 걸 다 겪어봐야 누군가를 진짜 알 수 있지 않을까?

59. 삶의 여유가 되는 유머

그는 열한 살에 아버지를 잃었다. 그 후 식자공, 수로 안내인, 군인, 광부 등으로 일하며 다양한 사람들을 만났다. 그는 함께 일하는 사람들 가운데 특히 유머 있는 사람들에게 집중했다. 그들이 이야기를 전달하는 방식을 보고 배우며 자연스레 유머를 체득하기 위해서였다.

훗날 그는 「캘리베러스 군의 명물, 뜀뛰는 개구리」라는 단편으로 인기를 얻었고, 기세를 몰아 공연과 강연을 이어갔다.

1897년 그의 사망설이 돌자 그는 스스로 신문에 기고문을 냈다.

"내 죽음에 관한 보도는 대단히 과장된 것이다."

얼마나 재치 있는 기고문인가! 사람들은 그 특유의 유머에 열광했다.

1907년에 또 한 차례 사망설이 돌았다. 도착 예정지였던 뉴욕 항구에 그가 내리지 않았기 때문이었다. 이번에도 그는 글을 썼다.

"바다에서 내가 실종된 사건에 대해 부디 철저히 조사해주시기 바랍니다. 그게 사실이라면 나를 애도하는 시민들에게 즉시 알려야 할 테니 말입니다."

사람들은 그의 위트에 또 한 번 열광했다.

그의 이름은 새뮤얼 랭혼 클레먼스이지만 필명으로 더 유명하다.

젊은 시절 그는 증기선에서 일했는데 증기선이 항구에 도착하면 물 깊이를 재었다. 물 깊이를 1패덤(182.88cm) 단위로 측정했는데 2패덤이 나오면 'twain'이라고 불렀다. 정확히 2패덤이 나왔을 때, 'By the mark twain'이라고 외쳤고, 이는 배가 안전하게 지나갈 수 있는 깊이였다. '마크 트웨인'은 유머가 대중을 어떻게 끌어당기는지 정확하게 알고 있었고, 이를 몸소 보여준 작가였다.

그런가 하면 1971년 9월 한 남자가 영국의 버클레이 은행 부총재와 대면했다. 조선소를 짓기 위한 설비 자금을 얻기 위해서였다. 부총재는 남자의 막무가내식 요구가 마음에 들지 않아 물었다.

"당신은 무엇을 전공했습니까?"

학교를 제대로 다닌 적 없는 그에겐 곤란한 질문이었다. 그런데 그는 당황하기는커녕 당당히 말했다.

"제가 보낸 사업계획서는 읽어보셨지요? 그게 내 전공입니다. 조선소를 건설하는 사업계획서 쓰는 것 말입니다."

순간 딱딱하던 분위기가 반전되었고, 부총재가 웃으며 손을 내밀었다.

"당신의 전공은 바로 유머군요."

남자는 특유의 유머 덕분에 조선소 건설을 위한 자금을 빌릴 수 있었다. 현대 그룹의 정주영 회장이 그 주인공이다.

똑같은 불행한 일을 경험해도 유머를 발휘할 수 있는 사람들은 극복 속도도 빠른 법이다. 또한 평소에 유머를 구사하는 사람은 남들보다 삶의 여유를 더 즐길 수 있다.

어느 날, 한 지인이 남편에 대한 불만을 쏟아냈다. 자신은 싸울 일이 있으면 한바탕 싸우고 금방 웃어넘기는 반면 남편은 무조건 인상을 쓰며 입을 닫아버린다는 것이었다. 지인은 평소 유머와 위트가 넘치는 사람이라 나는 그녀의 남편 또한 비슷한 사람일 거라 생각했다. 하지만 그는 유머에 익숙하지 않은 건 물론이고, 요즘 말로 '유머를 다큐로 받아들이는' 센스 없는 사람이었다.

유머 코드가 맞지 않는 것은 둘째치고, 그 부부는 남편이 매사 너무 진지해서 문제인 듯했다.

생각해보면 유머는 삶의 태도를 단적으로 보여주는 것이다. 유머가 없는 사람들은 매사 지나치게 진지하거나 무덤덤하다. 무거운 태도로 살아가면 감당해야 하는 무게 또한 부담스러울 수밖에 없다.

마크 트웨인이 자신의 사망설에 대해 스스로 글을 올리며 생존 사실을 알린 것이나, 정주영 회장이 자신의 전공을 사업계획서 쓰기라고 말한 것 모두 무게감을 덜어냈기에 가능한 일이었다.

삶을 가볍게 하는 가장 쉬운 방법은 유머와 친해지는 것이 아닐까 싶다. 유머가 일상이 되면 삶도 덩달아 산뜻해질 테니까 말이다.

60. 해피엔딩

"엄마, 노을 정말 멋지다!"

고개를 한껏 젖힌 아이가 소리쳤다. 어둠에 밀려나지 않으려는 듯 갖가지 색깔들이 하늘을 물들이고 있었다. 서서히 침전하는 빛깔에 마음을 뺏긴 아이는 연신 감탄사를 쏟아냈다. 옆에 선 나도 한마디 툭 내뱉었다.

"그래, 참 멋지네."

그런데 어쩐 일인지 나는 전혀 설레지 않았다. 오히려 숨어 있던 불쾌한 감각이 노크하듯 뱃속을 두드리는 통에 눈을 질끈 감아버렸다.

똑! 똑!

'기억나지? 익숙한 이 기분 말이야!'

어둠에 익숙해질 여유도 주지 않고 사위는 금세 캄캄해졌다. 불쾌한 감각은 어느새 불안한 통증으로 변해 말단

부위에 달라붙었다. 걸음이 느려지고, 손끝이 따끔거리더니, 이내 탁한 기운을 밀어내는 한숨이 줄기차게 흘러나왔다.

현관문을 열고 들어서며 아이가 소리쳤다.

"역시 우리 집이 최고야! 엄마, 우리 집보다 좋은 곳은 없지. 그치?"

"그래, 그렇지."

확신 없는 목소리로 대답한 순간 처음으로 깨달았다. 찬란한 노을이 그토록 아프게 느껴졌던 이유를.

초등학생 시절, 신나게 뛰어놀다 어스름이 깔리면 친구들은 하나둘 잰걸음으로 집으로 돌아갔다. 나는 늘 "조금만 더"를 외치며 친구 몇 명을 잡아두곤 했다. 오징어 달구지가 재미있어질 찰나, 어김없이 친구 엄마들이 와서 나머지 친구들 손을 잽싸게 낚아챘다.

"저녁 먹어야지! 얼른 가자!"

친구 엄마들이 돌아서면 감자볶음이나 김치찌개 냄새가 내 코끝에 대롱 매달렸다.

'저런 따끈한 향이 우리 집에도 가득하면 오징어 달구지 따위는 천년만년 미뤄두고 곧장 달려갈 텐데……'

혼자 남겨진 나는 흙바닥을 콩콩 차대다 터벅터벅 집으로 돌아가곤 했다.

어린 시절 내게 우리 집은 평온도 안식도 없는 그저 '엄마의 부재'만 떠다니는 공간이었다. 노을 지는 시간이 되면 절로 등이 서늘해지고 발바닥이 축축해졌다. 익숙한 찬밥을 대면하듯 엄마가 없는 공간을 온몸으로 느끼는 시간이었던 탓이다.

누구에게나 해결하지 못한 삶의 한 지점이 있기 마련이다. 내 어린 시절, 특히 초등학생 시절이 내겐 극복해야 할 불안이자 상처인 듯싶다.

어느 날, 동화 한 편을 정신없이 마무리하던 중 문득 생각했다.

'그래, 이번에도 해피엔딩이야!'

흡족한 기운이 지나가다 갑자기 온갖 이미지들이 머릿속에 쏟아지기 시작했다. 석양, 오징어 달구지, 친구 엄마, 우리 집, 찬밥…… 그제야 내가 왜 동화를 쓰는지 알 것 같았다. 내 어린 시절을 대신할 주인공에게 평온과 안식을 주기 위해서였다. 위험한 모험을 하더라도 결국엔 집으로 돌아갈 것이고, 불안으로부터 멀어질 거라고 확실하게 말해주고 싶어서였다.

동화 한 편을 완성하고 나면 내 속에 고인 불안과 상처를 한 움큼씩 비울 수 있다고, 그러다 결국엔 내가 그토록 원했던 평온과 안식을 얻을 수 있을 거라고, 나는 여전히 굳게 믿고 있다.

불안했던 기억이 다 깎여 사라지면 마지막 순간에도 변함없이 이렇게 말할 수 있기를 간절히 바라본다.

'그래, 이번에도 해피엔딩이야!'

61. 당신은 센스쟁이

선거 유세장에 두 명의 후보가 나섰다. 한 명은 수의학과를 졸업한 정치 신인, 다른 한 명은 다선의 국회의원이었다. 먼저 정치 신인이 열성적으로 연설을 했다. 연설을 마친 그가 막 내려오는데, 다선 국회의원이 일부러 큰 소리로 물었다.

"수의학과 출신이라면서요?"

수의학과를 졸업하고 정치에 뛰어들었냐는 조소를 담고 있는 말이었다. 물론 정치 신인은 당황했다. 하지만 그는 자신의 입장을 구구절절 설명하지 않았다. 대신 위트 있게 반격을 시도했다.

"네, 그런데 어디 아프십니까?"

빈정거리던 다선 국회의원의 표정은 보기 좋게 일그러지고 말았다. 수의학과 출신에게 그런 질문을 받는 대상은 동물이기 때문이다.

며칠 전 스타벅스에 갔다. 지인에게 선물받은 기프트콘으로 음료를 주문할 수 있는지 점원에게 물었다. 그런데 그녀는 이미 어딘가 잔뜩 심통이 난 사람처럼 서 있었다. 힘이 들어간 눈썹과 눈에는 웃음기라곤 찾아볼 수 없었다. 기프트콘의 금액과 내가 주문하고자 하는 음료의 금액 차이 때문에 다시 한번 묻자 그녀가 나무라듯 대답했다.

"사이즈 업해서 주문하세요!"

나는 좀 무안한 기분이 들어 대충 주문을 해버렸다. 곧이어 점원의 형식적인 질문들이 이어졌고, 어느새 친절함이 쏙 빠진 내 목소리가 불쾌감을 드러냈다. 자리로 돌아오면서 나는 점원의 응대에 불평을 쏟아냈다.

차를 마시며 관찰한 결과, 그녀는 모든 손님에게 똑같이 불친절했다. 또한 손님들 중에는 나처럼 은근히 불쾌감을 드러내는 사람들도 꽤 있었다.

'수직적 사고'와 '수평적 사고'라는 것이 있다. 잘잘못을 따져 명확하게 '맞다, 틀리다'에 다가가는 사고를 수직적 사고라 하고, 다양한 가능성으로 뻗어나가는 사고를 수평적 사고라고 부른다. 수직적 사고가 분명한 결론에 도달하는 방식이라면, 수평적 사고는 다양한 아이디어를 얻을 수 있는 방식이다.

주문한 차를 마시며 나는 이런 생각을 했다.

'나는 왜 점원의 매너에만 집중한 채 다른 생각은 못 하고 있는 걸까? 그녀에게도 뭔가 사연이 있겠지. 가령, 매니저에게 야단을 맞았다든가, 손님과의 갈등 상황이 있었다든가. 혹은 그저 피곤하고 짜증 나는 하루라든가. 유연한 사고를 하는 손님이라면 어떻게 대응했을까?'

한참 생각이 꼬리에 꼬리를 물고 이어졌다. 스타벅스를 나서는 길, 앞서 말한 정치 신인의 센스 있는 답변이 머릿속을 맴돌았다.

아하! 이런 말은 어떨까? 드디어 아이디어가 떠올랐다.

'웃으면 훨씬 예쁘실 것 같아요!'

퉁명스러운 점원 때문에 불쾌해지는 일이 또 생긴다면, 이렇게 센스 있게 말해봐야겠다. 그럼 나도 그녀도 굳이 불쾌한 기운을 나누지 않아도 될 테니까.

62. 이 세상에 무서운 두 가지

　그녀는 자신을 벼랑 끝까지 내몰기 위해 다니던 회사에 과감히 사표를 던졌다. 간호사였다가 건강보험심사평가원 직원으로 오랫동안 근무해온 그녀가 진짜 되고 싶었던 것은 소설가였다. 그녀는 등단의 꿈을 안고 무수히 도전했지만 매번 실패하고 말았다. 그럴 때마다 남편이 베란다에 달아준 샌드백을 치는 것으로 분노를 다스렸다.

　후에 그녀는 결국 『내 심장을 쏴라』로 등단에 성공했다. 바로 소설가 정유정 님의 이야기다.

　패션 디자이너 조르지오 아르마니는 의대생이었다. 그런데 그는 입대 후 의무병으로 일하며 의사라는 직업에 대한 흥미를 잃게 되었다. 이후 백화점에서 사진을 찍어주거나 상품을 배치하는 아르바이트를 시작하게 되었고, 그 경험 덕분에 패션 디자이너가 되기로 결심했다.

그런가 하면 몬테소리 교육으로 유명한 마리아 몬테소리 또한 의대생이었다. 그녀는 병원에서 우연히 지적 장애 아이들을 관찰하며 교육에 관심을 가지게 되었고, 의사 대신 교육자의 길을 선택했다.

이처럼 진로를 완전히 바꾼 인물들 가운데 가장 극적인 경우는 슈바이처 박사가 아닐까 싶다. 그는 어릴 적부터 음악에 재능이 있었다. 오르간 연주자로 인정받았고 관련 논문도 썼을 만큼 음악에 조예가 깊었다. 그러나 대학에서는 신학과 철학을 전공하였고, 철학 교수로 재직했다.

그런 그가 실제 의사가 된 것은 서른이 훌쩍 넘어서였다. 우연히 보고서를 통해 아프리카 흑인들의 고통을 접하고 그들을 돕고 싶어진 것이다. 그래서 의대에 들어가기 위해 다시 공부를 시작했고, 후에 아프리카로 건너가 병원을 건립했다.

많은 사람들이 자신의 미래를 고정된 것으로 생각하는 경향이 있다. 하지만 현재 하고 있는 일을 미래에도 반드시 하리라는 보장은 없다. 시대가 변해서이기도 하지만, 개인의 관심 분야나 흥미 또한 고정적이지 않기 때문이다.

하루는 미래에 관한 이야기를 나누다가 우리 아이가 말했다.

"엄마, 그런 일이 생길 가능성은 제로야! 제로!"

확신에 찬 아이 얼굴을 보며 내가 물었다.

"너 상상이나 해봤어?"

"뭘?"

"엄마가 동화작가가 될 거란 걸."

"아니……."

아이는 그제야 '제로 가능성'에서 슬쩍 힘을 뺐다.

나는 2년 전에 동화작가가 되었다. 그 전엔 내가 동화작가가 되리라곤 상상조차 해보지 않았다. 이 말을 다르게 해석하자면, 앞으로 나는 얼마든지 새로운 일을 할 수 있다는 뜻이기도 하다. 나의 관심사가 수시로 변화하고, 그에 따라 열정이 향하는 방향도 함께 움직이기 때문이다.

『매일 아침 써봤니?』의 저자 김민식 PD가 영업사원에서 통역사, PD를 거쳐 작가가 될지 상상이나 했을까? 그리고 앞으로 어떤 이름으로 불릴지 본인을 포함해 아는 사람은 아무도 없을 것이다. 그러니 스스로를 고정된 틀 안에 가두지만 않는다면 우리 삶은 지금보다 훨씬 재미있어질 수 있다.

고영성 작가의 책에 작가와 할머니의 대화가 실려 있다.

"이 세상에는 무서운 게 두 가지가 있단다."

"할머니, 그 두 가지가 뭔데요?"

"그것은…… 나무와 어린아이란다."

"왜요?"

"어떻게 성장할지 도저히 알 수가 없거든."

나는 이 이야기를 살짝 변형해서 '이 세상에서 가장 무서운 건 사람이다'라고 말하고 싶다. 이유는? '어떤 모습으로 성장할지 도저히 알 수가 없으니까.'

63. 최강의 포핸드

중국은 다른 종목에 비해 유독 탁구에 강하다. 미국의
어느 대학에서 그 원인을 분석한 결과 신선한 사실을 발
견해냈다.

중국 팀의 에이스는 포핸드에는 강점을 가졌으나 백핸
드는 아주 약했다고 한다. 그럼 보통의 경우에 약점인 백
핸드를 보강하기 위해 부단히 노력하기 마련이다. 하지만
중국 팀은 그 대신 강점인 포핸드를 더욱 발전시키는 데
집중했다.

그럼 상대가 공격할 때마다 백핸드의 부족 때문에 힘들
어지지 않을지 궁금할 것이다. 중국 팀은 포핸드를 최강
으로 끌어올려 상대로 하여금 백핸드 공격 자체를 시도하
지 못하게 만들곤 했다.

이것이 익히 알려진 '강점 이론'이다. 강점과 약점이 있을

때 약점을 보완하는 대신 강점을 키우는 전략인 것이다.

성공한 위인들의 면면을 살펴보면 드러난 강점 이면에 수많은 약점이 있다는 것을 알 수 있다. 가끔은 아주 치명적인 약점들인 경우도 있어서, 어떻게 그런 약점에도 불구하고 성공할 수 있었을까 궁금해지기도 한다.

성공한 이들 중엔 강점에만 집중하여 자신의 탁월성을 발휘한 경우가 많다. 따라서 우리도 우리의 약점보다 강점에 주목해보면 어떨까?

우리 아이는 어릴 때부터 내성적이고 소심한 편이었다. 목소리와 행동이 유독 큰 아이들 곁에 있을 때는 반사적으로 더욱 조심하고, 행동이 작아졌다. 사실 처음에는 그런 모습들이 마음에 들지 않았다.

그러다 어느 날, 내가 아이에 대해 가진 불만들을 글로 적어 나열해보았다.

'왜 큰 목소리를 내지 않지? 왜 적극적으로 행동하지 않지? 왜 머뭇거리지? 왜 무서워하지? 왜 적응하는 데 시간이 오래 걸리지?'

이런 질문들을 적어놓고 보니 문득 참 부끄러워졌다. 아이의 타고난 성향을 그대로 받아들이지 못하고 내 방식대로 고치려 하고 있었으니까. 마음에 들지 않는 내 행동,

습관, 성향 중 어느 것 하나 고치지 않으면서 나는 왜 아이만 고치려 드는 걸까?

우리 아이는 무수히 많은 강점과 몇 개의 약점을 가지고 있다. 내성적이라서 혼자 깊이 생각하는 일이 많다. 겁이 많아서 다치는 일이 없다. 덕분에 다쳐서 병원에 가본일이 없다. 친구들에게 바로 다가가지 않고 머뭇거리는동안 아이는 한 명 한 명을 열심히 관찰하고 다양한 모습을 발견한다. 또한 적응 시간이 조금 길 뿐 일단 적응하고 나면 누구보다 즐겁게 생활한다.

나는 아이의 몇 개 되지 않는 약점에 더 이상 집착하지 않는다. 그보다 훨씬 많은 강점들을 북돋아줄 시간도 부족하니까 말이다. 아이를 키우면서 우리가 변화시킬 수있는 건 딱 한 가지뿐일지 모른다.

바로 '아이를 바라보는 우리의 시선' 말이다.

64. 엄마의 세 가지 당부

몇 달 전, 남편 회사 동료가 남편을 통해 내게 부탁을 해왔다. 블로그에 자신의 어린 시절 이야기를 올렸는데 혹시 한번 읽어봐줄 수 있겠냐면서. 그러고는 "조금 뭐…… 아무것도 모르는 사람이 철자도, 문맥도 안 맞는데…… 그래도 느낌이 좋은지…… 봐주세요. 제 주위에 어느 분이 읽고 우셨다고 해서……"라는 말을 덧붙이며 기대감을 내비쳤다.

오전 내내 원고를 쓰고 지우기를 반복하느라 지쳐 있던 나는 며칠쯤 미뤄도 괜찮을 거라 생각했다. 그런데 "어느 분이 읽고 우셨다고 해서"라는 대목이 머릿속에 계속 맴돌아 그의 블로그를 찾아 들어갔다. 그러면서 속으로는 '길고 지루한 자서전 같은 글이면 큰일인데……'라는 걱정을 했다.

그는 26년 전 어느 봄날을 회상했다. 그날이 얼마나 강렬했던지 버스에서 내린 시간은 물론 시청했던 TV 프로그램, 동네 사람들과 나눈 대화까지 세세하게 열거해놓았다.

오랫동안 병을 앓아 앙상해진 엄마가 그날따라 퉁퉁 부은 얼굴로 세 가지를 당부하더란다.

첫째, 아버지와 둘이 살게 되더라도 꼭 아버지 밥을 챙겨드려라.

둘째, 돈은 버는 것보다 쓰는 것이 중요하다는 것을 잊지 마라.

셋째, 착하게 살아라.

엄마의 생뚱맞은 말에 평소의 그였다면 화를 냈거나 감성에 젖어 눈물을 훔쳤을 텐데, 그날은 웬일인지 자기도 모르게 이렇게 대답했단다.

"네, 걱정 마세요."

그날 엄마는 아빠와 함께 구급차에 올랐다. 입원과 퇴원이 일상이었기에 그는 '배웅'을 했을 뿐 작별을 고하진 않았다. 구급차에 오르며 엄마가 집 청소를 부탁했고, 그는 여느 때처럼 빗자루로 흙 마당을 쓸었다. 그리고 구급차가 떠난 뒤 흙 마당에 비질의 흔적이 삶의 발자취처럼 남은 것을 보다가 무심히 옆집 울타리를 바라보았다.

'샛노란 개나리.'

쨍한 노란색이 눈에 쏟아져 들어왔을 때만 해도 그는 몰랐다. 일상이 얼마나 급작스레 깨어질 수 있는지를. 그러다 구급차 소리에 모여든 동네 아줌마들이 꺼내놓은 말들을 통해 매끈한 일상에 균열이 가고 있다는 걸 어렴풋이 눈치채기 시작했다.

어쩐 일인지 오전에 엄마가 아줌마들을 불러 모아 화투를 쳤다는 것, 손수 국수를 삶아 대접도 했다는 것, 오후까지 하하호호 즐겁게 웃고 떠들었다는 것, 아들인 자신에게 당신의 '부재'를 대비한 당부를 하고, 떠나면서 청소를 부탁했다는 것…….

엄마답지 않은, 혹은 일상 같지 않은 일들 모두가 크고 작은 균열이었던 셈이다.

저녁 8시, 구급차가 집 앞에 도착했다. 엄마가 미동도 않고 가만히 누워 있길래 그가 손을 잡았다. 그 차가운 감촉이 몸속으로 훅 빨려 들어온 순간, 그는 생각했다.

'벌써 죽었어? 난 어쩌라고…….'

엄마의 죽음이 데려온 연민은 엄마 대신 자신을 향하고

있었고, 그런 본능이 죄책감으로 이름을 바꾸자 급히 마음 깊숙이 감정을 밀어 넣었다.

장례를 치르는 내내 동네 사람들의 통곡 소리만 들릴 뿐, 그도 아버지도 눈물을 보이지 않았다. 일상이 '사건'으로 전환되었다는 걸 머리로만 이해했을 뿐, 마음이 이해하지 못한 탓이었다. 그러다 선산에 엄마를 묻고 돌아오는 길, 경운기 뒤에서 결국 그의 마음이 알아버렸다. 엄마가 떠났다는 사실을. 엄마를 잃은 열일곱 살 아이는 슬펐다가, 무서웠다가, 괴로웠다가 결국엔 한없이 외로워지고 말았다.

시간이 지나자 엄마의 부재가 '일상'이 되어 다시 흘러갔다. 그는 엄마가 했던 세 가지 당부를 한 번도 잊은 적이 없다. 친구 집에서 놀다가 친구 엄마가 차린 밥상을 보면 뒤도 돌아보지 않고 집으로 내달렸다. 아빠 밥을 차려드리기 위해서였다. '한 번쯤은 괜찮지 않으냐'라며 타협하고 싶은 마음이 불쑥 고개를 들면, 곧이어 '한 번이 어렵지 두 번이 어렵겠느냐'라는 생각이 꼬리처럼 따라붙었다.

그러다 문득문득 엄마 생각이 나면 눈물 섞인 다짐을 하곤 했다.

'죽은 사람은 죽은 사람이고, 산 사람은 살아야지.'

그렇게 엄마에 대한 기억을 털어내는 '일상'이 유유히 흘러갔다. 그리고 26년이 지난 어느 봄날, 운전을 하다 갑자기 눈물이 터졌다.

'샛노란 개나리.'

쨍한 색깔로 주변을 훤히 밝힌 개나리를 보고야 말았다. 이웃집 울타리에 핀 개나리를 집요하게 밀어내며 살았는데, 또 다른 개나리가 그를 그날로 훌쩍 데려가버린 것이다. 엄마 손에 흐르던 냉기, 유언처럼 남긴 당부들, 창호지 문에 일렁이던 구급차 빨간 불빛…… 까맣게 잊었다 굳게 믿었던 것들이 너무도 견고한 채로 그의 속을 파고들었다.

26년을 거슬러 다시 열일곱 살이 된 소년이 차 안에서 서럽게 울었다. 샛노란 개나리가 눈에 박힐 때마다 그는 마음을 다해 그날의 자신과 엄마를 애도했다. 그리고 생전 처음으로 자신의 블로그에 이 이야기를 꺼내놓았다.

그의 글을 읽고 울었다는 지인처럼, 나도 왈칵 눈물을 쏟고 말았다. 열일곱 살의 그가 짠해서, 앙상한 몸으로 살다 간 그의 엄마가 안타까워서…… 그리고 무엇보다 스물여섯 살에 엄마를 잃고 한밤중 파르르 몸을 떨며 잠에서 깨던 내가 생각나서. 까만 어둠 속, 네모난 천장을 수십 번 훑고도 잠이 오지 않아 부질없는 죄책감만 키우던 날들이 떠올랐다. 엄마의 죽음 앞에서 나도 엄마 대신 나에게 연민을 퍼부었다.

'엄마가 없으면 나는 어쩌라고. 이렇게 훌쩍 떠나버리면 너무 무책임하잖아.'

시간이 갈수록 나의 이기심을 질타하는 내 목소리가 커졌고, '산 사람은 살아야 한다'라는 그의 말처럼 나도 살기 위해 기억을 묻으며 살았다. 그러다 글을 쓰면서 비로소 죄책감을 덜어내기 시작했다. 글 한 편을 쓸 때마다 나는 스스로에게 이렇게 속삭였다.

'그래, 그럴 수 있어. 네 잘못이 아니야.'

그의 글을 읽고 나는 말했다.

"참 솔직하고 담담해서 좋은 글이네요. 앞으로도 자주 기억을 길어 올려 글로 표현해보세요. 얼핏 잊은 듯 보여도 상처는 마음에 고스란히 남아 있으니까요."

그의 글은 투박하다. 그만큼 불필요한 미사여구가 없다는 뜻이다. 그의 글은 솔직하다. 엄마의 죽음 앞에서 차마 꺼내놓지 못한 그날의 생각들을 가감 없이 담아낸 덕분이다. 자기변명도, 핑계도, 연민도 다 걷어내고 그저 샛노란 개나리 앞에서 무너져 내린 날을 이야기하고 있다. 한 번도 꺼내지 않았던 이야기를 26년 만에 털어놓은 후 느꼈을 해방감을 나는 누구보다 잘 이해할 수 있었다. 그래서 그에게 이 말도 꼭 해주고 싶다.

'더 많이, 그리고 더 빈번하게 애도하세요. 그럼 틀림없이 당신을 더 좋아하게 될 거예요.'

에필로그

2019년은 내 인생의 전환기였다. 첫 동화책이 출간되었고, 블로그에 매일 글 한 편씩을 쓴 해이기 때문이다. 매일 한 꼭지씩 글을 쓴다는 건 일종의 '무모한 도전'이었다. 그럼에도 한번 시작한 이상 물러서고 싶지 않았다. 내 존재를 증명하고 싶었고, 나를 막아서는 것들을 뛰어넘고 싶었다. 그렇게 이를 악물고 1년 넘게 글을 쓰면서 나는 많은 것을 비워내고 성장했다.

힘들어서 그만 쓰고 싶은 순간이 있었던 반면, 어느 날은 글 한 편으로 마음이 충만해져 하루 종일 행복하기도 했다. 그 모든 시간 덕분에 나 스스로를 더 잘 이해하게 되었고, 나를 더 많이 좋아하게 되었다.

블로그에 처음 올렸던 글들과 한참 이후 올린 글들을 섞어 한 권의 책으로 묶었다. 2년 전 글에는 풋풋함이, 요즘 글에는 능숙함이 담겨 결이 어긋날까 걱정스럽긴 하지만, 그때도 지금도 나의 긍정적인 시각은 변함없다는 사실에 안심이 되기도 한다.

동화, 에세이, 자기계발서, 어떤 분야의 책이든 나는 늘 누군가를 살리는 글을 쓰고 싶다. 지친 마음이 기댈 한 문장을 써서, 내 글을 읽는 누군가에게 위안을 줄 수 있으면 좋겠다.

이 책으로 당신이 조금 더 행복해지기를 희망한다.

하루키가 야구장에 가지 않았더라면

초판 1쇄 발행　　2021년 10월 22일

지은이　신은영
펴낸이　김요안
편집　　강희진
디자인　장지영

펴낸곳　북레시피
주소　　서울시 마포구 신수로 59-1
전화　　02-716-1228
팩스　　02-6442-9684
이메일　bookrecipe2015@naver.com | esop98@hanmail.net
홈페이지 www.bookrecipe.co.kr | https://bookrecipe.modoo.at/
등록　　2015년 4월 24일(제2015-000141호)
창립　　2015년 9월 9일

ISBN 979-11-90489-43-0 03810

종이·화인페이퍼 | 인쇄·삼신문화사 | 후가공·금성LSM | 제본·대흥제책

* 이 도서는 한국출판문화산업진흥원의 '2021년 우수출판콘텐츠 제작 지원' 사업 선정작입니다.